사랑은
사람과 사람이
살아갈 곳이다

그럼에도 불구하고 여리여리하지만
부러지지 않고 뚜벅뚜벅 걸어갑니다

황규석

끝맺음을 하려 합니다

양은혜

성취,
그 즐거운 빛을 향해

황이

당신의 하루 끝,
따뜻함이 되길 바라며

그대의 우주가 순간의 빛일지라도

시, 흐르다 056

선이

황규석

양은혜

황인

방제천

『사람으로 살아낸 네 번의 계절』

선이

서울에서 나고 대전에서 자랐으며
경영학을 전공했으나 커피 내리는 일을
업으로 삼아
살며 사랑하며 살아가는
순간들을 글로 담아내는 사람입니다.

『대설경보 서울역 갈라파고스』

황규석

걷기를 정말 좋아합니다.

다양한 경험과 경청 그리고 관찰을 바탕으로

좋은 생각을 하고 매일 좋은 글을 쓰고자 애쓰고 있습니다.

관계의 아픔에 공감하고 지치고 힘든 분들에게 힘과 용기,

꿈을 주는 글을 쓰고자 애쓰는 스토리텔링 작가입니다.

에세이와 시, 소설, 시나리오 등 무규칙

잡종 생활 작가로 살고자 지금도 노력하고 있습니다.

instagram @kyooseok

email ksfilms@hanmail.net

blog blog.naver.com/ksfiles

『남은 그리움을 모두 드립니다』

양은혜

시를 쓰기 싫었습니다.

모래알같이 깔깔한 단어들만 손에 잡혀, 휘어지지 않는 문장들 속에 갇힌 듯했지요. 그 속에서 느낀 침묵은 어쩌면 새로운 소리를 기다리는 시간이었는지도 모릅니다. 몇 번의 모래 폭풍을 지나고 나서야, 거친 마음의 단어들을 다시 모을 수 있었습니다. 어여쁘든 아니든 있는 그대로의 모습을 사진첩에 고이 끼워 넣듯, 지난 마음을 담았습니다. 이 흔적이 누군가의 마음 한켠에라도 위로가 되길 바랍니다.

email preciousliz@naver.com

『춘하추동과 삶의 노래』

황인

흐르는 강물의 꾸준함에
서서히 깎여 나간 바위처럼
세월의 시간을 견딘 마음,
그 안에 깃든 희망의 이끌림으로
새로운 도약을 시작합니다.
누군가에게 따뜻한 위로가 되고
다시 읽고 싶은 흥미로움과
유쾌한 웃음을 선사하고 싶답니다.
함께 가는 이 여정의 발걸음도
활력의 디딤돌이 되길 바랍니다.

instagram @daniel_clint_adrian
email hr_20000@naver.com
blog blog.naver.com/hr_20000

『어른이 된 후, 퇴근은 멀고』

방제천

매일 반복되는 직장 생활 속,
끝없는 바람이 부는 골목 같았어요.

벗어날 수 있을까 싶던 그 길에서
평범한 우리들의 작은 숨소리를
조용히 담고 싶었습니다.

웃음과 한숨 사이,
묵묵히 살아가는 마음을 글로 남겨
누군가와 나눌 수 있다면
그걸로 충분히 행복할 것 같습니다.

instagram @jecheonb

email bjc3232@hanmail.net

『사람으로 살아낸 네 번의 계절』

언제부턴가 사계의 시작은 봄이 아닌
겨울이 아닌가 싶은 생각이 들었습니다.
한 해의 시작을 알리는 일월의 첫 일출을
바라보며 내뱉는 입김에는 어딘가 얼룩진
지난날을 녹여줄 희망이 모락모락 일렁이니까요.

한 사람의 희망을 싣고 자연스레 흐르는
네 번의 계절을 쓰고 싶어 오 년 전
잠시 타국에서 지냈을 적에
늘상 들고 다녔던 노트를 펼쳐
입이 없는 이방인의 나날을
다시금 찬히 살폈습니다.
잘 쓰지 못했으니
자주 읽어주세요.

시인 선이

겨울 꿈사람

꿈은 한겨울
빚어낸 커다란
눈사람 같아
해가 뜨고 나면
사람은 온데간데없고
축축한 목도리만 남아 있잖아

간밤에 지어낸 그의
이름을 되뇌다 그만
펑펑 울고 말았네

시차

일월의 밤
전화기 너머로 오가는
두 사람의 속삭임

깊은 너의 한숨과
높게 떨리는 울음만이
커졌다 작아졌다

우리는 떨어져 있어도
멀어져 있진 않았지만

사랑은 꿈처럼
가깝고도 멀었다

네가 있는 곳보다
조금 느리게 흐르는 이곳에서

전화기 너머로 들려오는
미래에서 온 이별만이
작아졌다 사라졌다

퇴근의 미학

몸이
천근만근
이더라도
마음만은
너울너울

밤이
으슬으슬
춥더라도
오늘 밥은
따끈따끈

가면으로 얼굴을 가리우더라도

날이 차면 가면으로 얼굴을 덕지덕지 감싼다
봄이 오길 기다리기에는 다소 유약하고
조급한 존재라서

날이 차면 벙어리로 두 손을 숨도 못 쉬게
덮고 천재들의 재능에 감탄하며 박수 친다
맞닿는 손바닥의 통증을 느끼는 범재라서

날이 차면 짓누르던 너를 훌렁훌렁 벗는다
사는 게 버겁고 어려우면 사랑부터 쉽게
버리는 비겁하고 나약한 인간이라서

허나
가면으로 얼굴을 가리우더라도
벙어리가 된 네 손가락으로도
사랑 없이 살더라도
우린 사람이다

그러니 부디 건강하길
그러면 우리 함께이길

산을 오르다 문득

코에 걸친 높바람에
살아낸 어제의 온기가

아래로
저 아래로
떨어지다 이내 사라졌다

땀을 철철 흘리며
오르고 또 오르던 내일이
어제가 될 것도 모르고
부단하게 미끄러져도
미련하게 부지런하기만 한

우리는 몇 고개를 살아
넘어야 깨닫게 될까

산 사람은 그저
오를 수밖에 없다는 것을
내리막에서야 문득 들겠지

노견의 산책로

멀리 나가기엔
무릎이 시리다

꼬까옷 차려입고
가까운 동네 골목골목을
찬히 살피며 걸어보자

마치 처음부터
세상에 태어나 시계 없이도 잘 지냈던
최초의 인류처럼
천천히 걷다
햇님이 일궈 놓은
적당히 따순 잔디밭에 누워보자

세상이 눈꺼풀을 감을 때가 오면
최후의 나무처럼 곧게 뻗어 있자

그러다 끝내 잠에 들자

기나 긴 여명의 계절

외면하는 그대의 뒷모습은
되려 나를 사랑한다는 말 같아

떠난다는 그대의 목소리는
마치 울음을 참는 아이 같아

허면 그대 나를 따라
세상이 꺼질 때까지
우리 타오르다 저무를래요

아님 그대 나를 떠나
세상이 밝아진대도
서로 그리움에 지고 말 거야

아픔을 우리 사랑으로 끌어안고
말해 줘요

어둠을 우리 사랑으로 밝혀주고
말할게요
고마워요

너의 너

하루 사이 불어난 너의
불안을 알고 있어

꿈을 꾸는 빛나는 너의
내일을 믿고 있어

외로움에 밴는 말
괴로움에 젓는 몸짓이

위로를 건넬 노래로
행복을 주는 춤이 될 거야

불빛에 타지 말고
어둠에 지지 말고
너는 너의 네가 되길

추위에 떨지 말고
눈발에 주저 말고
너는 너의 네가 되길

겨우내 간밤에 나리던 눈이

새벽같이 일어나 편지를
나르는 집배원의 장화발 소리에
나는 일어나 이불을 개었다
동이 터오는 곳으로
고개를 돌려 기지개를 켜고
새로 핀 아침에게 인사를 건넨다

오늘은 어쩐 일로 하늘이 고요한가
겨우내 간밤에 나리던 눈이
이제야 잠에 들었나 보다
제 생을 다 마친 후
가지런히 개어진 가지들로 엮은
큼지막한 빗자루를 들고 밖을 나오니

이미 옆집 어르신의 배려가
앞마당을 훑고 난 뒤였다
참으로 따스하여라

미음과 비읍

엄마와
할매

아빠와
할아범

엄니와
할머니

아버지와
할아버지

많이도 미웁고
수없이 부르고

아직도 들리면 비워지지 않고
한참을 쏟아내야만 하는 존재들

설늙은 젊음

흐르는 청춘이
이마에 맺히고
그리운 당신이
마음에 달처럼 뜨면
하루 또 젊음은
저물어간다
내일의 나는
어제보다 늙었을 테다
추우면 춥다고
말도 못 하는
연신 헛기침만
들이키는 노인이 되겠지

기억의 냉장고

새벽 세시에 잠에서 깬 허기진 외로움은
어슴푸레 냉기가 도는 냉장고를 열고
유통기한이 지나 아무도 찾지 않는
추억을 집어 입에 욱여 넣는다

배탈이 나
실컷 울 것을 알면서도
데워 먹을 회상의 시간조차 아까운지
씻지도 않은 얼룩진 손으로 얼른
입에 욱여넣어 잘 씹지도 않는다

담요

다음엔 춥게 입지 마
앞치마를 매주듯
내 무릎을 따스히 감싸주던 너

네 담요는 향기로웠다
다음에도 춥게 입고 싶을 만큼
달큰한 향이 나를 안아주었다

삼월의 밤

사월의
사랑이
움트기 전
이월의
이별을
앓고 난 후

삼월의 밤은
그런 달이다

철 지난 벽시계

여섯 평 남짓한 셋방에
덩그러니 걸려 있는

몇 차례의 계절이 돌고 돌아도
도통 꿈쩍도 않는 고장 난 벽시계

언제쯤 고칠 거냐는 잔소리에
함께 있는 시간이 영원하길 바란다는

너의 낭만 섞인 농담이
나는 마냥 기쁘기만 해서

어떠한 공간도 시간도
우리의 사랑까지도 모쪼록

철 지난 벽시계와 함께
여전하기를 바라

무릎과 무릎의 맞장구

페인트를
두 번이나
덧대었건만
더는 안될 것 같은
나이테가 흉하게 드러난
오래된 원형 식탁에서의 아침 식사

작은 접시 두 그릇만 놓아도
꽉 찰 정도로 빠듯하고 삐걱대지만
덕분에

성실한 두 사람의
젊은 무릎이 맞닿는 유일한 시간

오늘 하루도 잘 살아보자고
서로가 서로를 다독이는 다정한 시간

초록이 일렁이는 날에는

초록에
포옥 안겨 누우면
푸른 위
하늘에 구름이 유영을
넘실대는 건
바람만이 아니어라

하늘을 보며 말을

구름이 적당한
푸른 하늘을 보며
소년은 말했다

저것이 바로 사랑입니다

빗물이 가득한
회색 하늘을 보며
청년은 말했다

허나 결국은 이별입니다

황혼이 너울진
주홍 노을을 보며
노인은 말을 아꼈다

취향

어딘가
코끝을
간질이는

언제나
간절하게
가닿고 싶은

어느덧
새 시작을
알리는 계절이 올 때마다

당신은 떠나도
가시지를 않고
형체 없는 향기로
내게 베고 말았다

저항할 새도 없이
취하고 마는
당신은 봄

보랏빛 옥구슬꽃

피고 지는 계절 끝엔
늘 당신이 있어요

두고 가신 사랑
양분 삼아
곱고이 심고

그립고 외로운 가지들
자르고 가꾸니

내 마음에
당신이 없어도
초라하지 않을 꽃이 피었더래요

할매
나는 여기 이곳에서 잘 지낼 테니
당신은 거기 그곳에서 평안하셔요

여름 밤을 입에 머금고

꽃이 없어도
네가 있어
싱그러운 밤

밤의 공원을
누비는 우리는
여름밤을 입에 머금고
하루 이틀 사흘 나흘을
향기로운 풀 내음에 파묻혀
조금씩 아주 천천히

타는 갈증을 외면하면서
끝내 삼킬 줄을 몰랐다
느리고도 아주 그리운
여름으로 남겠구나

툭 튀어나온
붉은 열매 같은 너의 양볼을
보며 나는 그런 상념에 빠졌다가
새어 나오는 너의 미소에 그만 웃고 말았다

은유

달도 별도
따 줄게

은유 섞인
고백을 준비했건만

이미 네 눈에
다 담겨있구나

오렌지빛 열기구

저기 저무는 해를 보아요
찰나의 빛으로 퍼진 노을에 하늘이 온통
잘 익은 오렌지밭이 됐어요 나 역시 오늘
하루를 당신과 마무리 지을 수 있음에 영영
그대의 색으로 충만해졌답니다

오늘은 우리 술잔을 기울입시다
한껏 얼빠진 얼굴로 바보 같은 소리를
늘어놓고 흠뻑 사랑에 빠진 몸으로
영원 같은 춤사위를 벌여보아요

당신이 내게 숨을 불어넣어 줄 때면
난 어디든 갈 수 있는 열기구가 되지요
그러니 그대는
먼 훗날이 지나도 잊지 못할 전설 같은
사랑을 내게 새겨주세요
긴 밤이니 주저하지 말고요

가닿지 못할 여름 안부

안녕하신가요
저는 올해도 무탈히 여름에 도착했습니다
당신도 그렇겠지요

작년보다 더웁고 습한 날의 연속에 연신
더운 한숨을 푹푹 쉬어대며 무더운 하루를
버텨내기 바쁘겠지만 그럼에도 저는
이 여름이 좋답니다

닿아 있고 싶은 마음 고이 담아
서로의 손을 깍지 낀 채
발을 맞춰 거닐던
초록을 한껏 머금은 오후의 수목원을
누비며 서로의 오목조목한 꿈을 하나둘
나눠 가지던 그 여름이 여지없이
떠오르니 말예요

빛바랜 마음 한구석

빛바랜 마음 한구석
그곳은
한때의 전설 같던
꿈이 머물다 간 자리

빛바랜 마음 한구석
그곳은
그 시절 사랑했던
소녀가 머물다 간 자리

빛바랜 마음 한구석
그곳은
언젠가 들춰 볼
주름 가득한 추억들의 보금자리

공항길의 아버지

자식의 평안을
기도하다 문득
창 너머에
떠오른
흰 돌고래 하나
한참을 바라보다
한숨을 태우며
떨어지지 않는 발길
겨우겨우 차에 태운다

보이지 않는 별을 가리키며

한낮의 열기 덕에
서늘하진 않지만
한시절 스쳐 간
애열 때문에
서글픈 밤

볼 수 없는 당신을
보고 싶은 무거운 마음을
덜고 싶어 보이지 않는 별을
이름도 잘 못 외는 자리를 찾아 읊어

이별의 감정
한 움큼 떼어내
저 별들 사이에
걸어 두었다

혹 밤하늘 가운데
유독 마음에 걸리는
별 하나 보인다면
당신이 대신 이름 좀 지어주셔요

낮잠

어제의 고민들로
새벽이 잘린
게으른 점심

밀린 잠을 갚으려면
지금이라도 드러누워야지
미뤄둔 꿈은 꿀수록 부풀고
나의 고민 또 늘어가면

오늘 밤도
자긴 글렀다

모두의 처음이 차곡히 담긴 날

연분홍빛 노을이
흩뿌려진 썰물을 매만지는
아이에게는 모든 것이
처음이라 그저 신기할 따름이고

굽 낮춰 아이의 새싹 같은 손을
꼭 쥐고 따라 걷는 어머니 역시
저 멀리서 그 둘의 한 시절을
필름으로 담고 있는 아버지 역시

모든 것이 처음이라 그저 감사할 따름이다

여름날의 배낭여행

구멍 난 배낭을 메고 이것저것
담기 바쁜 시절에는 미처 몰랐다
문득 남은 게 없는 배낭을 보고
여기저기 꿰매기 바빠 젊음을
잊고 지낼 때도 미련히 몰랐다
먹고 자고 사는 게 조금 여유가 생겼다고
분에 넘치게 담고 다시 잃고 나서야 알았다
배낭을 짊어지고 지낸 모든 삶이 결국
뙤약볕에 일렁이는 아지랑이 핀
여름날 한때의 여행이란 걸
분한 마음 덧대는 사이
또 잊어버리겠지만
이제는 안다

초록 마을 아파트

아직 거기
살고 있나요
아침 해가 드리우면
초록빛이 포옥 안기는
마을 아파트
아주 오래
눌러앉고 싶었던
사랑이 깃든
누룩진 정자

아직 거기
살고 있나요

푸른 발자국

이글거리는 팔월
여덟 팔 자를 쏙 빼닮은
꿈 많은 소년과 함께
호기로이 나아가는 발자국

걸어 나갈 길이
걸어온 길에 잡아먹혀
더 이상 발 디딜 틈이 없대도

하루 또 커버린 소년이
어른이 된다 하여도

한발 더 뻗어 나가자
이름 모를
발자국이 아름다운
꿈 맺힌 순수함으로
하늘에 놓인 구름을 딛고
푸른 발자국을 새기어보자

기러기 아버이

기러기 아버이의
기억이 닿는 부둣가

나 여기에 있소
여보 당신

기러기 아버이의
기억이 닿는 부둣가

거기에 있니
이제는 아이가
아닐 얘들아

그는 매일 외로이
부둣가에 걸터앉아

무릎이 툭 튀어나온 해진 바지에
밀려오는 슬픔이 썰물이 될 때까지
목 놓아 흘린 눈물을 닦고 또 닦았다

강을 한 줌 담으려고

강물을 한 줌 따다
우리 집 한켠에 두면
걷지 못하는 당신께
조금은 환기가 될까 싶어
강가에 웅크리고 앉아
양손을 둥글게 모았다

허나 아무리 받아도
담아지지 않는 풍경이
그게 그렇게 서러워
나는 두 손을 첨벙였다
당신의 주름진 손 마디가
드러날 때까지 몇 번이고
한참을 출렁였던 여름이었다

글이 되지 못한 시월

시월은 쉬이
글이 되지 못한 말들이
갈피를 못 잡아 전하려던 이에게
도저히 가닿지 못하고
몇 개의 계절을 놓쳐
마르고 주름진
시간을 견디다
결국
누군지도 모를 아무개의
마음에 낙엽 되어 나뒹구는 달

달아다는 달력을 쫓아 달린다

새해에 뜨는
새하얀 다짐들
아직 다 이루지 못했는데
하기야 계절도
제 달에 오는 법이 없는데
삶이라고 제때라는 게 있을까

앞서가면 뒤척이는
생각들이 허겁지겁
쫓아오기 바쁘다
뒷걸음질치기에는
몇 장 남지 않은
홀쭉한 달력 몇 장이
저만치 달아나고 있다
얼마 남지 않은 숨을 고르고
나는 다시 달린다

가을바람

가을바람은
조금 미적지근해서

굼뜬 구름이
꿈쩍할 일 하나 없지

그저 인정 많은
나무들이 낙엽을 들고
반갑다고 손 흔들어 주지

노을이 비스듬히
걸터앉은 벤치에 놓인

메마른 낙엽과
주름진 노인

가을은
인사할 것투성이지

친구야 안녕해 봐

야옹아
멍멍해 봐
내 말을 모르겠다면
내 맘을 다 보여줄게

멍멍아
야옹 해봐
내일은 햇빛을 좇아
산책을 갈 테니
오늘은 달빛에 졸며
잠을 잘 테야

친구야
안녕해 봐

계절말

아침이 와요
여름은 간데없이
가을이 불어오네요

하루가 짧아지고
계절감은 더해져
그리움이 물들어요

오래전에 함께한 날들 속에
오래도록 나눴던 말들은
결국 바스러진 거짓이 됐네요

사랑이란 두 글자를 채 다 못 적은
우리의 날들을 추억이라 부르기엔 부끄럽죠

사랑이란 두 글자를 채 다 못 적은
우리의 말들은 그저 그런 계절로 지네요

완벽히 속였다고 여긴 서로를 보아요
사람을 닮은 사랑은 아름답지 못하네

시인의 일기장

가을 아침에 일어나
봄을 닮은 사람과 함께한
여름밤을 기록하는

추억이 눈처럼 내릴
한낮의 겨울에도 끄떡없을
따스한 글을 한솥 짓는

기억의 골목 모퉁이마다
그리움이 우뚝 서 있는
사람 냄새 자욱한
시인의 일기장

『대설경보 서울역 갈라파고스』

빈집을 보면 괜히 마음이 아파집니다.
묶여있는 개를 보면 또 가슴이 아립니다.
마음이 너무 여려서 걱정이 되지만
절대 부러지지 않고 살아가는 저와 같은 사람들에게
따뜻한 위로와 용기를 주고 싶습니다.

상처는 누구나 받을 수 있습니다.
넘어졌으면 일어나면 되죠.
당신과 저는 사랑받을 자격이 충분한 사람입니다.
우리는 태어나면서 이미 누군가에게 특별한 사람이니까
힘내자고요, 괜찮습니다. 다시 시작하면 됩니다.

시인 황규석

을과 을의 조우

추석 연휴 전날 집으로 가는 사람들의 감긴 눈
모란역에서 환승을 위해 계단을 오르다
선물 세트를 든 한 아가씨와 어깨가 부딪쳤다
그녀도 피곤하고 나도 피곤에 쩐 얼굴
우리는 누가 먼저랄까 죄송합니다 합창
그리고 손에 쥔 선물을 보았지
난 참치 선물 세트 그녀는 스팸 선물 세트
우리는 서로 멋쩍게 웃었다
그렇다 어차피 당신도 을 나도 을이었다.
한우 세트를 들고 갈 일이 없는
냉동 아이스박스를 들고 퇴근할 일이 없는
그래서 우리 을과 을은 반가움에 또 서글픔에 씨익.

대설경보

달콤한 하얀 솜사탕이 휘날린다
정처 없이 하염없이 훨훨 날아간다
신발에 밟히는 순백의 흰 그대
고통의 비명조차 지르지 못하는
내 작고 가여운 님의 날갯짓
내 고운 하얀 님의 서글픈 지구 착륙
눈물도 하얀 우리 님 반갑게 맞이하는
접선 암구호는 대.설.경.보,
부디 버티며 살아내고
제발 웃으며 살아내야
저 먼 하늘 끝에서 쉼 없이 날아온 당신
난 고개 들고 두 팔 벌려 가슴에 안아본다.

크레마에게

너는 왜 항상 진한 갈색의
거품을 달고 다니는 걸까
처음 보았을 땐 아직 미완성인 줄 알았어
샴푸를 하고 씻지 않은 것처럼 말야
하지만 난 네가 너무 사랑스럽단다
꾸미지 않은 자연스런 모습이 사랑스럽다

너는 뜨거운 저 검은 바다 위에
외로이 홀로 떠 폭신한 섬 같아
하지만 이내 사라져 버리는 슬픈 운명의 거품
혹시 실연을 당했을까 아니면
누굴 그리워하는 마음의 연기일까
하얀 갈색 거품 안에 네 진심은 무엇일까?

어쨌든 난 널 매일매일 보고 싶어
매일 출근길 아침이나 어두운 밤에도
너의 그 폭신한 거품과 솔직 담백한 모습을
너와 가만히 입 맞추며 난 위로받고
너와 언제나 늘 함께하고 싶단다.

파스를 붙이며

훌렁 벗고 돌아앉은 아내의 등짝에서
좌표를 찾아 더듬는다
손이 왜 그렇게 차가워
파스 자국이 있는 곳에 머무른
내 손이 방황한다
응 거기 하나 그리고 조금 위로 하나 더
윤기가 없는 무덤덤한 피부 결에
꾹꾹 눌러 나는 홍삼 파스를 붙여준다

결혼 십오 년 한 이불을 덮고 자며
아내의 영양분을 빨아 먹었다
아내의 주름살은 늘어만 가고
내 뱃살은 두 겹, 세 겹이 되어간다
삶, 반려자의 등에
파스를 꾸욱 눌러 붙여주고 어루만져 주는 것
등, 반려자의 삶에
기댈 기둥이 되고 바람막이가 되어주는 것
파스, 내 손으로 짝에게
붙여주는 지친 삶의 위로와 응원.

강변북로 얼룩말

입김이 나오는 깊은 겨울밤 강변북로를 걸었다
통통 튀는 걸음 탄력 있는 엉덩이
저 앞에 점박이 작은 얼룩말이 보였다
되새김하는 입을 오물오물
세렝게티 강남역엔 입맛을 다시는 사자들이 득실득실
그들에게 잡혀먹히지 않으려 사람들은 칼을 가슴에 숨긴다
풀을 먹고 일하기 위해 돼지를 먹기도 하고
커다란 소를 죽여 잡아먹기도 한다
아스팔트에는 핏물이 끈적이고
잘린 팔, 다리들이 널려있다

녀석은 다가왔으나 내 손길을 거부하고 머뭇머뭇
살기 위해 사람을 믿으면 안 된다는 걸 안다
낮엔 숨어도 밤엔 기어 나와 자유롭게 뛰어다니렴
나같이 힘없는 아프리카 가젤처럼 숨죽이며 눈치껏.

누에고치

말없이 웅크려
깊은 잠을 자는 넌
누구의 사랑을
기억하고 잉태하였을까
긴긴 실타래 속으로
묻어나는 천 년의 사연
네가 숨 죽이며
웅크리며 꾼 그 오래된 꿈은
오늘도 깨어나지 못한
그리움의 편린인가
짧은 삶에 대한 회한인가
부디 날개를 달고 훨훨 날아올라
널 기다리는 흰 꽃과 입 맞추길.

창고 안 어머니들

환승 지하철역 화장실 옆
청소용품 창고 안
청소부 어머니들이 모여든다
작은 플라스틱 의자에 쪼그려 앉아
앉은뱅이가 되어 차가운 도시락을 꺼낸다

옆은 들락날락 북적대는 화장실
모처럼 둘러앉은 어머니들의 볼우물에는
막 담은 김장 김치가 가득
하지만 웃음이 새어 나온다
김치가 좀 짜지 않나? 난 괜찮은데
아니다 익으면 맛있겠다. 젓국이 너무 많다

언니 큰애는 장가 안 가나?
우리 딸 여태 공무원 시험 준비한다
지가 다 알아서 하게 내버려둬
자기 인생 자기들이 사는 거지 뭐
그만큼 가르쳤으면 됐지

보온병 콩나물국이 미지근하지만
그래도 지지 않으려고 우거우걱
아프지 마세요 창고 안 어머니들
당신의 수고에 늘 감사드립니다.

서울역 갈라파고스

북적이지만 거기 외로운 섬
갈라파고스는
서울역에도 있다
삶의 발길질에 차이고
평생을 보이지 않는 사슬에 묶여 살았고
결국 쓰러져 일어서지 못하는
사람들이 겨우 바닥을 기고 있다
이제 혼자가 되어 자유지만
가난과 질병과 알콜이 차가운 수갑을 채웠다
하여 오라는 곳이 없고 갈 곳이 없다

기차는 들어오고 나가지만
그냥 멀리서 가만히 널 바라만 보는
오지도 가지도 못하는 사람들
그냥 제자리에서 헛돌고 바둥대고 떠있다
한밤중의 바이올린 탱고 선율
편의점 앞 노숙자가 흐느적 춤추는
여기는 별빛이 길 잃은 서울역
고향을 잃은 이들의 갈라파고스.

18-1번 버스

나는 오늘 검은 새벽 운이 좋게
막 도착하는 버스에 맨 뒷자리에 올라탔다
운이 좋게도 가로질러 가지 않는 18-1번이다
변두리 동네에 이사 와서 멀어진 출근길
버스는 고개 삼거리
막 썰어 횟집 앞에서 처음 정차한다.
빛바랜 수조 안 바닷물은 텅 비어있다
얼마 전까지 꿈뻑 꿈뻑대던 커다란
비늘이 다 떨어진 늙은 생선 한마리의
그 초점 없는 눈빛이 가여웠던 그곳
내 앞 아주머니는 맞고 게임
그 옆의 학생은 광선으로 괴물을 죽이는 게임에 열중
내 앞에 서서 가던 젊은 여성은
내 옆자리가 비어 앉자마자
깊은 잠의 늪에 빠져들었다
상큼한 샴푸 냄새도
작은 체구의 앳된 그녀의 피로를 몰아내지 못한다
그녀가 내 어깨에 서서히 기댄다
반짝이는 머릿결에 물이 들까 봐 두려워 멈칫
18, 18-1 버스는
그렇게 서울 빌딩 숲으로 일꾼들을 실어 나른다
어제도 오늘도 그리고 내일도 덜컹 덜커덩.

개똥과 당근이 있는 내 삶의 변증법

같이 산책 나간 개의 개똥을 치우며
생명의 따뜻한 온기를 느낀다
비 그친 뒤 느린 산책길에서는
누구나 잠시 철학자가 되지

카드 결제는 고민이 되지만 당근이 있어 다행인 하루
편의점 앞 전봇대에서
난 구매자를 손님을 기다린다
내가 팔 것은 12년 된 오래된 가습기
8만 원을 받고 팔았고 그 돈을 가지고
저 아랫동네 버스 정류장으로 이동한다

중고 런닝머신을 모셔올 마을버스를 기다린다
현금 5만 원을 지불하지만 하지만 3만 원이 남는 장사
월요일부터는 술을 줄이고 퇴근 후 매일 뛰어야지

개똥이 있어서 내 삶은 더불어 온기를 느끼고
당근마켓이 있어서 나의 하루는
그럭저럭 나름대로 여유를 찾는다.

모란역 3번 출구 김밥 아줌마

비가 오나 눈이 오나
사람이 있건 없건 매일 아침
버스 정류장과 이어진 모란역 3번 출구의
아줌마는 삼천 원 김밥을 팔고 있다
이천오백 원일 때는 종종 사 먹었지만
가격이 올라 난 종종 머뭇거린다

환승을 위해 지하철 에스컬레이터에 오른다
은박지 호일에 쌓인 김밥 무더기 뒤로
핸드폰을 가로로 기대어 세워둔 아줌마
그녀는 열심히 김밥을 파는지 잘 모르겠다
늘 핸드폰 동영상을 보는 데 집중하기 때문이다
난 그 이유를 어제서야 알았다
주택관리사 온라인 강의 동영상이다
다를 그렇게 자기 위치에서
또 나은 하루를 열기 위해
열심히 자신의 자리에서 궁리를 하는구나.

붕어빵은 탔지만

바스락 붕어빵 봉투에서
마지막에 꺼낸 누런 붕어빵
꼬리지느러미가 조금 검게 탔다
그래도 괜찮다며 맛있게 먹는 아내
내 사랑은 보통 뜨겁게 타오른다
순간 그 뜨거운 곳에 익어가느라
수고한 붕어빵의 노고가
떠올라 잠시 숙연해졌다

먹기 좋게 구워진다는 것은
누굴 위해 아파한다는 것
먹기 좋게 익어간다는 것은
누굴 위해 걱정한다는 것
어딘가 조금 검게 탔지만 괜찮다는 건
보이지 않아도 널 위한 내 마음을
애타게 태워가는 것.

내 사랑의 치명적 결함에 관한 명상

내 사랑의 크기에 확신 아닌 자만을 가지고 나는 지금 누구를 사랑하고 있다 세상의 모든 변화뿐만 아니라 작은 나의 꿈과 사랑까지 나의 욕망과 능력에 부합되기를 바라는 마음 오늘도 어둠 속에서 잠시 떨고 있을 헐벗은 사람의 마음의 병보다 사치 있다 싶을 만큼 나약한 내 정신의 공허함이 있다

이제 더 이상 사랑이라 할 수 없는 추억을 들추어내어 나 자신을 한겨울 바람 속으로 내모는 것은 둘째치고 나의 일방적 사랑을 드러내고 막무가내로 사랑받기만을 원할 때 나는 그걸 내 사랑의 치명적 결함이라고 말한다.

참을 수 없이 슬프다

참을 수 없이 슬프다
습관처럼 되어버린 긴 기다림의 터널을
아무렇지 않게 지나는 나 자신이

참을 수 없이 슬프다
비를 사랑하고 찬 겨울도 두려워하지 않던 내가
따스한 봄을 기다리는 나약함 때문에

참을 수 없이 슬프다
사랑의 설렘만으로 세상은 아름다운 것이라고
착각에 빠지는 풋 익은 사과가 되어서

참을 수 없이 슬프다
시작과 끝을 알 수 없는 그리움과 욕망의 끝이
불붙는 나 자신의 알 수 없는 곳에서.

절 사랑하지 마세요

아저씨 절 사랑하지 마세요
그녀는 다짜고짜 이렇게 말했다
왜
놀랐지만 난 웃으며 대답했다

절 좋아하는 사람이 있거든요
그래 나도 좋아하면 안 되니
저도 그 사람을 좋아하거든요

별이 구름에 숨어버린 깊은 밤
나는 나 자신에게 물어보았다
내가 그녀를 진짜로 사랑하는지를
내가 그녀를 진정 사랑하고 있는가

잠 못 이룬 새벽에
작은 울림을 듣고 갑자기 우울했졌다
내가 그녀를 진짜로 사랑할 수 없음을
난 큰 소리로 외쳤다
난 널 사랑하지 않아.

홀로된 우산

난 전날 늦은 밤에 항구에 도착했었어
밤새도록 겨울비가 추적거리는
묵호항에서 하루 종일 쏘다녔어
애초에 네가 나올 거라고는 생각하지 않았다
심야 우등고속버스를 타고 서울에 돌아왔다

너를 데리고 가난과 뒹굴며 혼자 사는
작은 옥탑방에 데리고 가긴 싫었다
내 가난한 속살의 부끄러움 때문이었어
어떻게든 되겠지 나만 믿어라는
마음에도 없는 거짓말을 하긴 싫었다

하얀 새벽 등대가 파란 바다를 씻기고
여기저기 그늘진 내 얼굴을 애무했지
밤안개가 흐느적거리며 춤을 추는 항구의 긴 밤
네가 사준 작은 우산은 정류장에 가만히 놓고 왔다
우리 서로를 버렸다고 말하지 않기로 하자
우리 서로를 위해 놓아주었다고 말하기로 하자.

서성거린다

오늘도 난 서성거린다
바늘 같은 비가 뿌연 유리창에 내린다
내 먹먹한 눈물을
감출 수 있어 다행이다
너 아니면 안 된다고
나 아니면 죽겠다고
우리는 입에 거짓말을 달고 살았다
지나고 보니 우린 그랬다
흰 머리카락을 뽑다가
거울에 비친 까칠한 얼굴과 주름에
내 볼을 쓰다듬던 네 보드라운 손길이
갑자기 떠올라 그리울 때가 있다

무시로 아무 일도 없던 것처럼
장을 보고 계산을 하고 버스를 탄다
넌 누구의 아내로 엄마로 살고
난 나대로 누구의 남자로 산다

손잡이를 잡고 덜컹거리는
정류장에서 내려 찬 입김을 내뿜으며
여전히 머뭇거리고 서성이는 내 그림자
오늘도 난 서성거린다.

곱등이가 웃는다

곱등아 나랑 밖으로 나가지 않을래
아니 너나 나가 나는 여기가 그냥 좋아
너무 어둡고 습한데 괜찮겠어
나가서 햇빛도 쐬고 같이 놀자
아냐 나는 여기가 그냥 편해 여기서 놀게
그래 그런데 거긴 너무 어둡고 꿉꿉하잖아
아닌데 덥지 않고 물기도 있고 조용하고 좋아
그래 알았어 나 좀 나갔다 올게 조심해
응 이제 나도 익숙해져서 괜찮아

곱등아 힘내 나처럼 웃어봐 이렇게
어떻게 웃는 거지 이렇게 해봐
그럼 더듬이를 흔들게 고마워
곱등이가 활짝 웃는다

까만빛이 널브러진 거기 1평 반 보금자리
컵라면과 삼각김밥 만으로도 그저 행복했던
아 슬프도록 아름다웠던
내 가난한 청춘의 씁쓸한 자화상.

봄봄

담벼락 새초롬 연분홍 이름 모를 꽃
이뻐서 찰칵 기특해서 찰칵
네 이름이 무어니
내 이름은 몰라도 돼요
집도 없이 밖에서 서글프지 않니
그것이 내 운명 꽃의 운명인걸요

그렇구나 바로 네가 꽃이구나
어디서건 활짝 웃다 살다가는 꽃
멀리서 꽃을 찾지 않을 거야
네가 웃으니 피는 봄꽃이 되었다
진짜 나의 봄은
바로 너를 네 얼굴을 바라봄, 봄이다.

정인아

먼 길 혼자 쓸쓸히 떠난 정인아
492일 너의 짧디짧은 가쁜 숨 쉼
그냥 슬퍼 울어 줄 수밖에는 없는 우리
먼 길 혼자 쓸쓸히 떠난 아이
정인아, 거긴 배고프고 춥지 않겠지
많이 배고프고 아프게 살다 꺾여진 어린 삶
우리는 아프다 너무너무 아프다.

너의 활짝 웃는 영정 사진에
그냥 울어줄 수밖에 없는 우리
간밤의 하얀 솜사탕도 네 손발을 시리게 할 텐데
부디 우리 어른들을 용서해다오
우리 아가 널 사랑한다
그리고 미안하다 지켜주지 못해서
저 하늘 위에서는 맘껏 뛰어놀렴
종당에는 너 있는 그곳에
찾아가 꼭 안아줄게 그때까지 기다려다오
가여운 정인아 사랑한다.

동호대교를 건너며

한 번도 듣지 못한 말이 있다 공부 좀 해라 성적이 왜이 모양이냐 라는 말을 한 번도 한 적이 없는 부모님께 요즘 난 감사함을 느낀다 책상 서랍 안 원고지를 꼬깃꼬깃 구겨 버리고
슬리퍼를 끌고 무작정 길을 나섰다 꼬들꼬들 장충동 왕족발은 발목이 두꺼웠다 두꺼비 소주 한 병이 딱이다 비 그친 뒤 녹슨 철문의 소리는 흐느끼는 아잿 소리 같았다 취한 밤이 쨍쨍히 비스듬히 걸어간다 작별 인사도 없었다

손꼽아보니 고향 떠난 지 22년 그렇게 어느덧 나도 꼰대 아닌 꼰대라떼가 되었다 정수리는 텅 비어가고 주름살이 늘고 안 보이던 점이 늘어난다 이마의 머리카락은 빠지고 초록 잔디라도 이식하고 싶다 그래도 가슴 뛰는 일이 없을까 싶다 승객 여러분 지금 우리 인생 열차는 녹슨 동호대교를 한강 위를 통과하고 있습니다 괜찮습니다 모두 잘되지 않으니까 걱정 마십시오 내일은 조금 나아질 겁니다.

캔커피

암 병동에서 퇴원할 때 아버지의 등짝은 붉게 단풍이 들었다 주치의는 처음엔 3개월 이후엔 한 달 이번 6월을 넘기기 힘들다고 하셨다 추적추적 여름비가 오는 흐린 토요일 오후 아버지를 업고 간신히 택시에 올랐다. 집에 오니 아버지의 갈색 얼굴이 비로소 편안하신지 옅은 미소에 발가락을 꼼지락 거린다

어머니는 고기를 잘게 잘라 반은 삼키고·반은 뱉어내는 아버지의 입에 들이 밀었다
뭐든 먹어야 기어코 산다는 고집이라는 창과 먹기 싫다 그냥 죽고 싶다는 방패의 대결이다
일주일 후 다시 추적추적 비 내리는 토요일 오후 야 느그 아부지 숨을 안 쉰다야 알았어요 내려갈게요 또 자식들에게 짐이 되기 싫었는가 보다

빗줄기와 함께 기차는 쉬지 않고 달렸다 퇴원 전 물었다 아버지 뭐 드시고 싶어요 커어어 피이 케에엔 커어피 평생 택시 운전을 하시던 아버지가 좋아하는 시원한 캔 커피를 샀다 영정 사진 제일 앞자리는 이제 달달한 캔 커피다 아버지는 비로소 고통에서 자유로워지셨다.

검은 바다의 하얀 눈

매일 난 검은 바다에 빠져 들어갑니다
거긴 소금도 없어 짜지도 않고
설탕도 필요 없는 검은
심연의 커다란 벽이 있습니다

죽은 듯 살아있는 해저의 우울한 밤이
내 목젖을 타고 내려오면
그제야 난 울고 배시시 웃습니다
검은 바다의 침묵에 침잠하여 표정이 사라지죠
아무것도 하지 않아도 되는 무위의 세계

히말라야 실크로드에 가고 싶네요
거기선 콩을 갈듯이 커피를 맷돌로 간답니다
나는 커피를 내리며 콧노래를 부르려고 합니다
눈을 꾹 감고 한동안 잠영을 하려고 합니다
세상이 어둠에 빠지면 비로소 하얀 눈을 뜨려고요.

종점

거기에 가야만 오늘
나는 가쁜 숨을 멈출 수 있다
가고 오고 오고 가고
반복되는 셔틀 인생
텅 비어 가는 정수리
시꺼먼 가슴이 겨우 진정되는 곳
용기 내야 갈 수 있는 곳
막혀서 쉬어야 하는 곳 돌아서야 나가는 곳
거기를 나는 우리는
길이 끝나는 곳 종점이라 노래한다

더 이상 나아갈 수가 없어서 한숨
더 이상 돌아갈 곳이 없어서 단념
종점 거기가 난 참 좋다.

검은 쉼표의 여정

회색 안개 낀 도시의
하루는 검은 쉼표와 함께 시작된다
산부인과의 보호자 대기실에서
그리고 장례식장의 식당에서도
어떤 쉼표는 쉬지 않는다

학원부터 학교 그리고 직장
쉼 없이 달려온 사람들은
하얀 설탕의 단맛에 질렸다
울긋불긋 분홍의 느끼함에 질려버려
검은 쉼표에 빠져들었다

경로당의 노인들도
어떤 검은 쉼표로 하루를 시작한다
그렇게 우리 삶의 여정
침투된 어떤 검은 쉼표
우린 그렇게 검은 쉼표에 포위당했지.

길가의 사랑 그리고 그리움

길가의 이름 없는 개가
쇠줄에 묶인 채 길을 걷는 나를 불러 세웠어
그리고 조용히 물었다
당신은 그리움을 아느냐고

그 그리움과 사랑에 목마름이
바로 나의 눈가의 눈주름으로
보이지 않느냐고 나를 깊숙이 쳐다본다

하루 종일 줄에 묶여
아무 데도 갈 수 없지만
누군가를 그리고 한다고
당신도 그리워 해본 적이 있느냐고

나는 그를
그 길가의 개를
가만히 쓰다듬어 주었다

공손한 자세로 앉아서
그는 나를 뚫어져라 바라보며
나의 작은 사랑을
아낌없이 받았어요.

벽에 금이 갔다

오래된 벽에 금이 갔다
작은 꽃이 피듯 여기저기 실금이
생기더니 마침내 하나로 연결되었다
누군가 화가 나서
칼질을 했는지도 모른다

어떤 불만이 있는지
말 못할 고민을 들어달라고 하는지
그저 무너지지 않으려고
모르게 쓰러지지 않으려고
입을 앙 다물고
다만 금이 갔다

상처 난 가슴에 난 금을 보라고
금 간 벽은 오랫동안 무너지지 않으리라
보란 듯이 저기 오래

금꽃으로 피어 안타깝게 바라보리라
제발 무너지지 쓰러지지 말라.

나의 글쓰기

나의 글쓰기의 시작은
온전히 너로부터 출발하였다
너를 알기 시작하면서 펜을 들었고
너와 사랑에 빠지면서 펜은 춤을 추었지
너와 이별하면서 나의 펜은 힘없이 흔들거렸어
나의 글쓰기는 온전히
너로부터 시나브로 단련되었어

네 음성을 들음으로 생기는 심장의 파장
너의 환한 미소가 주는 격렬한 환희
따스한 손길이 전해주는 온기
그렇게 나의 글쓰기는
너로부터 발화되어 타오르고 벌겋게 달궈졌어
나의 글쓰기의 시작과 끝은 온전히 바로 너.

똥개

날 보자 반갑다고
꼬리 치는 작은 강아지에게
손을 내밀었다
골목 고물상 개줄에
묶인 아이는
목이 아픈 줄도 모르고 다가와
내 손을 미친 듯이 핥았다
정이 그리워서 였으리라

그깟 손이
더럽혀지는 게 대수랴
그래 맘껏 흔들고
맘껏 반가워하고 좋아하렴 아이야

생명은 그렇게
누구나 사랑이 고프다
생명은 그렇게
누구나 사람이 그리웁다
개의 작은 사랑으로
보탬이 되니 더 고마운 하루.

어떤 여행

가슴에 숨긴 꼬깃한
노트를 꺼낸다
주름진 손으로 뭉툭한 펜을 들자
흔들린다 숨죽여 한 글자 적는다
사랑해

어디인들 함께 가기로 한 약속
한순간도 잊을 수 없었다
당신보다 하루 더 살자

그렇게 삐걱삐걱
오늘 하루도 여행한다
나는 오늘도 저 도로 위에 서
당신의 보안관이 되어
지켜주리라
안아주리라

잘 살았소
당신 만나 행복했소
어떤 여행은 아직 끝나지 않았다.

태재고개

이른 새벽 텅 빈 버스는
태재고개에서 올라서자 잠시 숨을 멈춘다
쨍쨍한 일요일 한낮의 나른한 피로
맨 뒷자리에 앉은 나는 고개를 오르기 전부터
다시 마음이 쿵쾅쿵쾅 거렸어
너를 처음 본 곳 너를 처음 기다려본 곳
너와 첫 입맞춤을 했던 곳
그리고 너와 작별 인사를 했던 곳
버스는 타지 않은 손님 때문에 문을 닫았지
혹시나 해서 한참을 열어두었어
나도 널 다시 볼까 해서 두리번 목을 쭉 뺐지
그냥 휑한 바람만 불다가 지나갔어
고개를 힘없이 내려간 버스
갑자기 하늘이 어둔 하늘에 먹물을 품었나 봐
빗방울이 또르르 또르르
창문에 앵겨 눈물이 흐르기 시작했어
돌아올 땐 쿵쾅쿵쾅 내려 뒤를 돌아보며
우산 없이 비를 맞고 걸어갈 거야.

아이처럼

왜 찾지 않을까
잃어버리고 울지 않을까
어른은 아이를 잃어버렸다
머리가 커지면서
모래 대신
돈 쪼가리를 줍기 시작했지
이가 나면서
거짓말이 늘기 시작했지
언제부턴가는
사탕도 멀리하기 시작했어
아이다움을 잃어버린 어른은
웃음을 잃어버리고 꿈도 차버리고
그저 뱃속에 기름만 지갑에 돈만 쌓아둔다
그 착했던 아이 시절을 돌아보라
우리의 그 딱지치기 구슬치기 시절을
왜 초록의 아이다움을 찾지 않을까
울어도 돌아갈 수 없다고 해도
왜 그리워하지 않을까.

남부 시외버스터미널

안녕하세요 실례지만 도를 아십니까
자포자기한 잿빛 내 얼굴 내밀었다
멀어지는 사내와 여자의 허허로운 발걸음

남들은 양손에 선물 보따리 가득한데
나는 빈손에 제 무게를 더한 심장이
꺼멓게 멍들어가고 입술이 말라 버석거린다

엄니는 동구 밖에서
아직도 별 볼 일 없는 아들을 기다리는지
힘없는 애 풀어져 떡진 흰머리를 긁적긁적
보행기에서 앉았다 일어서다를 반복한다

버스에 타자마자 잠이 들고
아들과 딸은 그저 엄마 비린 젖 냄새가 그리워
꿈속에서 엄마의 저고리 섶을 파고 든다

시외버스 터미널 거긴 아직도
푸근한 어미의 젖가슴이 그리운 이들
철부지 아들과 딸들이 아련하게 기댈 곳이다
난 오늘도 터미널 근처에 가면 가슴이 두근거린다.

세상에서 가장 슬픈 건

세상에서
가장 슬픈 건
눈물 뒤범벅의 이별이 아님
눈에 보이는 슬픔이 절대 아님
심지어 상대가 있어야 하는 것도 아님
보일 듯 보이지 않는 것이
진짜 진짜 슬픔임
그건 바로 뇌리에서 지워짐과 지움임
기억 속에서 지워지고 지우려 하는 거임
가슴 속에서 지워지고 지우려 하는 거임
지우려 노력하고
지우고 지워지는 거임
보일 듯 보이지 않는 것이
진짜 진짜 슬픔임
그건 망치로 머리를 맞는 느낌일 것 같음
생각하기도 무서움 그렇다는 거임
그러고 보니 슬픔은 무서운 거랑 같은 거임.

같이 간다

너를 한시도 잊지 않았다는
말은 사실은 거짓말이다
맞다 한동안
너를 잊었었다

대체 내가 어떻게 널
잊지 않고 이 풍진 세상을 살아가란 말이냐
눈 뜨면 네가 아른거린다
눈을 감으면 네 입술이
날 휘감은 듯해 꼬옥 더 눈을 감는다
술잔에 말아진 네 눈동자를
마셔도 마셔도 네가 살아났기에
어쩔 수 없이
난 너랑 같이 갈 수밖에 없는 운명이다
함께할 수 없다 해도
영원과 함께 간다.

백만 원이다

도대체 사천 원, 오천 원 김밥이 웬 말이더냐
통장은 급여 날 바로 돈이 쏙 강탈당한다
돈 백만 원 여윳돈이 없어 어깨가 무겁다

월급날 칼같이 수금해가는 카드 사용액
흔들리는 버스 지하철 서민들의 감긴 눈
매달 돈 백만 원만 더 있으면 좋겠다는 생각

더도 말고 덜도 말고 그저 한 달 백만 원
그 돈만 있으면 내 삶은 나아지리라는 생각
매달 백만 원이 욕심이라면 1년 한 번 딱 백만.

파도여

파도여
넌
슬픈 운명의 아이
언제 편안히 잠들어 본 적이 있었니

밤새 하얗게 부서지고
또 부서질 줄 알면서도
영원히 잡히지 않는 내게로 온다

울부짖되 포기 않는
너의 차디찬 분투
억겁의 시간을 헤엄치는
쉬지 않고 재잘대며 나아가는
바보 같은 파도여
아프지 마라.

아재별

반지하 단칸방에 숨죽여 들어간다
시커먼 봉다리에 컵라면과 삼각김밥
그리고 축 처진 무거운 어깨에 딸려온
고독이란 놈이 나보다 먼저 자리를 잡자
무거운 한숨 소리가 눈치를 보듯 떨어졌다
담장 아래 고양이 야옹 노래한다

탁자 위 연락이 끊긴 딸의
유치원 졸업 사진을 뚫어지게 바라보며
보고 싶다 보고 싶다 속으로 불러본다
주머니에 꺼낸 구겨진 오늘 일당을 새니
미간 사이로 미소가 나도 모르게 실룩
두 달간 현장에 나오란 소리를 들었다

그래 나가서 벌자 없으면 벌면 되지
왜 나만 힘들었다고 속 좁게 생각했나
정신 차리면 비상구가 없지는 않을 거야
단단히 마음먹고 걸어가는 거야

창문 틈 노란 별빛이 치근거리며 바닥에 눕는다
작은 창가로 다가가니 떠 있는 작은 별
뿌연 유리창으로 들어온 별 하나가 가만히 안긴다
턱에 난 흰 수염에 반사된 별이 뒹군다.

개와 말하는 남자

여기 개와 대화하는 남자가 있다
개도 말을 할 줄 안다니까
눈으로 말하는 게 아니라 입으로
주위 사람들에게 그렇게 말했지만
무슨 개소리냐며 날 아무도 믿지 않았다
하지만 난 오늘도 거리의 개와 말한다

말하지 못하는 없는 개에게
나는 눈으로 말하는 법을 가르쳤다
안녕 개야 반가워 넌 귀가 예쁘구나
안녕하세요 아저씨 반가워요

말하지 못하는 개는 없다
단지 우리가 개들을 무시하고
먼저 말을 걸지 않았기 때문이다

내가 자기들에게 말을 잘한다는 소문이 퍼져서
떠돌이 개들도 나에게 달려와 인사를 한다
그리곤 자신들의 속사정을 이야기한다
그래그래 어쩌겠어 부디 건강해
나는 개들의 목덜미를 쓰다듬는다
개들은 고맙다고 말을 해줘서 들어줘서 고맙다고
내 가슴팍에 안기곤 한다.

연필 깎는 겨울밤의 서사

양 볼을 얼게 하는 차가운 깊은 겨울밤
따뜻한 물로 샤워를 마치고 신문지를 좌악 펼쳤어
낡은 필통에 꽂혀 있는 연필 두 자루를 꺼냈어
토라진 목석 같은 빳빳한 연필의 때를 벗기듯
사각사각 조심스레 연필을 깎아나갔지

사위는 일순간 조용해지고
뜨거운 침묵이 일순 작은 방안을 포근히 감쌌어
반가운 고요의 검은 바다 위에 가만히 몸을 맡긴 연필
그때 또각 하고 새 얼굴 내민 연필심 하나가 부러졌어

그렇게 나에게 그동안 자신을 찾지 않은 서운한 맘을
알리고 보채며 다시 자신을 안아 달라는 연필
스윽 스윽 미끄러지듯 작은 칼이 움직이자
검은 심이 빛나는 미소로 반짝반짝 내 미간을 밝히지 뭐야
순간 내 심장도 미안하고 반갑고 고마워 콩닥콩닥
다시 한몸이 되어 써 내려가야 하는
우리 삶의 애달픈 서사의 반려자.

『남은 그리움을 모두 드립니다』

어느새 다른 두 자리에 머문 하나의 마음
두 개의 언어로 힘겹게 숨 쉬고 있네

차가운 공기 사이로
한때 스쳐 간 언어와 마음이
다시금 손끝에 머무를 때

그저 아득히 흩어지는 기억들을
빛과 그늘의 조각들로 붙잡아
까맣게 시로 채우네

달빛에 젖어 불을 끄는 밤

시인 양은혜

용서

보통의 사랑은 하다 끝나면
가슴앓이가 남는데
너와 나 사이엔 용서가 남았다

천국과 지옥 사이
무릎 꿇는 날
진심이 없는 용서는 꼬리를 달고 온다지

너의 머리로 지은 죄
입으로 지은 죄
마음으로 지은 죄

선연한 자국의 끝
눈물의 강에 씻어낸다면

나
마지막 연민을 꺼내어

이생에서 너의 죄는
용서하겠다

꿈

기별도 없는 연으로 살자 했는데
고요히 자리를 펴고 누우면
너는 반쯤 잠든 내게 슬며시 온다

해를 머금은 프리지아처럼
시절을 한 아름 가져다 놓고
향기로운 온기로 머문다
꽃이 피고 잎을 떨구는 동안
손을 맞잡고 꼬박 석 달을 보내며
행복에 젖은 해바라기가 되어 너를 바라보면
너는 비바람처럼 나의 목줄기를 꺾고
그렇게 또 돌아선다

수십 번도 더 돌아선 뒷모습에도
나는 이운 꿈이 슬퍼 또다시 눈물을 훔친다

고독

봄이 가득 왔는데
한 점 나눌 이가 없는 것은
참으로 서글픈 일이다
겨울이 살을 에는데
서러운 어깨를 기댈 곳이 없는 것은
만목처량한 일이다

짜디짠 상념 더미는
또 다른 나는 존재하지 않음을 명확히 하고
모양을 달리한 고독만 존재함을 깨닫는다
모든 이들은 틈을 사이에 두고
텅 빈 채 홀로 존재한다
그들을 관통하여 부는 외로움이
귀를 웅웅 울어 잠 한숨 못 잔다 해도
어쩔 수 없는 일이다

인간은 혼자임을 받아들이고
단단한 주체가 되어야 하는 것
삶은 고독임을 지겹게 깨닫고
그저 빈 마음으로 살아야 함을 수긍하는 것이다

이별 뒤

매정한 뒷모습으로
돌아섰음에도

차가운 휴대전화만
종일 들여다보는 날들이 있었다

가슴은 울고 머리는 얼음장 같던
그런 날들이 있었다

시인의 이별

시가 써져 마음이 아리다
써 내려갈 감정이 쏟아져 아리다
마음이 지평선같이 평온하고
사뿐한 나비 날갯짓 같을 때는
획 하나가 천근 같더니
까맣게 난 공허함을 메운 글들이
다시 당신이라 아리다

잊혀진 그리움

당신의 입에서 툭 떨어진 재회는
그리움의 무덤이 되었습니다

그 그리움을 곱게 엮어
흔들리지 않는 땅을 올리고
구석구석 봉제선이 닿는 옷을 꿰어 입으며
숨 같은 밥을 지어 꼭꼭 씹었습니다

그러고도 모자라
깊이 숨겨둔 햇 그리움마저 꺼내어
흠뻑 달빛으로 맞고
흐려진 발자국을 마중도 하였습니다

남은 것이라고는 헐어 구멍이 난 마음
이제는 당신을 그리워한 것인지
그리움을 그리워한 것인지 알 수 없어
어렴풋이 기억에 남은 당신의 발자국
반대로 나를 그리며 떠납니다

당신은 아시잖아요

사랑을 말하지 마세요
거짓은 당신이 말하고 왜 사랑을 앞세우나요
사랑은 잘못이 없습니다
당신이 밤새 뒷문으로 사랑을 나르던 그날
제게 남긴 것은 없었습니다

사랑을 탓하지 마세요
이를 둘로 나눌 수 없는 걸
당신은 아시잖아요

진심을 다했다는 건

그해 튤립은 마음을 다해 피었다
하루 새 자란 것 같은 봉오리는
움트기를 한참을 기다렸던 것
때를 맞아 눈부시고 수줍게 피어내었다

눈망울같이 촉촉한 잎 싹을 서로 껴안아
벌과 나비를 쉬게 하며
아롱진 이슬을 머금어 목도 축이게 했다

그렇게 온 마음을 다한 홑잎의 잎새들은
밤새 갈 때를 알고
미련도 없이 마음을 가벼이 떨구며 떠나갔다

시를 쓰다 문득

시를 쓰기 위해 당신을 떠올리는 것인지
당신이 떠올라 시를 쓰는 것인지

하루도 당신을 쓰지 않은 날이 없어 서글프다

기도

다시 사랑할 수 있게 하소서
사랑이란 숭고한 단어가 퇴색되지 않고
순결함 그대로 오게 하소서
사랑에 동반되는 눈물이 배신이나 고통이 아닌
헌신과 감사함으로 오게 하소서
사랑을 담은 입술이 한 방향을 바라보며
때를 구분하게 하소서

이를 분별할 수 있는 힘을 갖게 하소서

홀로인 것들은 강하다

꽃도 나무도 뿌리를 여러 갈래로 깊숙이 내리며
흔들릴지언정 바로 선다
저 별도 수만 광년을 서로 멀어진 채
홀로 제빛을 내며 자리를 지킨다

나만 홀로 나약할 뿐
사무친 외로움에 눈을 떠
소나기처럼 쏟아지는 쓸쓸함을 맞는다
혼자 밥을 먹는 것도
잠을 자는 것도
출근길에 몸을 싣는 것도
강요 없는 의무감에 해내기만 하는 자

홀로 즐기는 법을 배운 적이 없는
살아내는 법만 아는 나만
외로움을 돈으로 산다
마시지도 못하는 술을 사고
즐기지도 못하는 취미를 사고
필요도 없는 옷을 산다
그리고는 찬 바닥에 몸을 기대
밀려오는 후회를 온몸으로 맞는다
그새 외로움은 옆에 누워 큰 눈을 끔뻑인다

육 개월을 비행한다는 칼새는
세계를 누비며 유유자적 살아간다
해도 달도 뜰 때와 질 때를 알며
날마다 새로운 의지를 태운다

홀로인 것들은 모두 강하다
나만 외로움이 집어삼키게 좋게
작고 나약할 뿐이다

눈물의 출처

진심이라 말하며 보이는 그 눈물은

껍데기인가
영혼인가

그 눈물의 출처는 어디인가

비가 내린다

장대비가 내린다
사랑받지 못한 이들의 눈물이 비가 되어 내린다

차창 밖에서도
좁은 골목길에서도
산골짜기에서도
수평선 너머 바다에서도

사람의 마음이 그리워
나 여기 있노라 큰 소리를 지르며 내린다

어떤 삶을 사는가 당신은

엇나가고 싶을 때가 있을 것이다
평생을 좁은 외길에서 자전거를 타는 듯
중심을 잡아가는 것이 어찌 쉬울 수가 있겠는가
놓아 버리고 싶은 충동
단전의 짜릿한 유혹이
자해 같은 숱한 자기 검열보다
쉽고 편해 보일 것이다
마약 같은 선택이 달콤할 것이다
그 선택이 긴 추락임을 알면서도
엇나가고 싶을 것이다

알 수 없는 길 하나 건너고 있다고
기립박수 따윈 없을 테지만
지나온 길들은 한갓 의미 없는 것인가
이어온 길을 바라보는 마음
그 길의 생애가 한 번쯤은 빛나지 않을까

제 살을 깎아 고독한 외길을 채워가는 삶
주홍 불빛에 자란 양귀비 같은 삶

어떤 삶을 사는가 당신은

길을 걷다

어딘가 낯익은
애수 어린 뒷모습에
심장이 주저앉아
한참을 울었다

널 떠나보낸 지
어느덧 일 년이다

큰 사랑이었다

너를 사랑하는 나를 사랑했다

너를 바라보는 사랑스러운 눈빛
너를 느끼는 부드러운 손길
너를 위해 준비한 레이스 속옷을 걸친 몸
너를 향해 얌전히 입을 가리고 지어보는 웃음
너의 말에 부끄러운 듯 꼬아보는 머리카락
너의 방향으로 틀어 보이는 가장 예쁜 각도
너에게로 다가가는 명랑한 발걸음
너에게 보내는 손끝의 작은 시들까지
너를 사랑하는 나는 아름답고 찬란했다
나는 너를 사랑했고
너를 사랑하는 나를 사랑했다

언제나 즐겁기만 한 너에게

온몸을 비틀며
살아내는 암흑 속
말라 찢어진
대답 없는 외침
밤낮없는 이 사막은
끝을 모르고 황폐하다

우연히 발견한
오롯한 너의 모습은
실낱의 동질감도 없이
언제나처럼 홀로 즐겁다

진정 너는 아는가 외로움을

어쩔 수 없지 않은가

아무도 날 사랑하지 않는다면
진심으로 날 사랑해 주지 않는다면
받는 기쁨은 없겠으나
어쩔 수 없지 않은가
내가 날 두 배로 사랑하는 수밖에

안부를 전합니다

이제는
잘 챙겨 드시는지
잠이 들기는 하시는지
눈물을 훔치지는 않으시는지

묻지 못하는 안부가 궁금하여
안부를 전합니다

이제는
세끼 꼬박 잘 챙기고
잠도 제법 잘 자고
행복은 아니라도 어느 중간쯤을 느낍니다

묻지 못하는 안부가 궁금하실까 하여
안부를 전합니다

별똥별

별똥별 하나 소잡스레 떨어진다

천년의 인연인 것 같던 것이
짝을 잃고 추락한다

저 자리는 몇 년의 공허함인가
얼마나 긴 이수인가

어느 삶의 길잡이였던 찬란한 별 하나
때가 지난 빛이 되어 시끄럽게 추락한다

어제의 기억이 되어 아스라이 자취를 감춘다

다시 사랑할 수 있을까

설명할 것이 늘어가는 나이의 무게
하자가 없음을 증명해야 할 날들이 늘어나고 있다

잔고를 채워 줄 직업이 있고 사회 부적응자는 아니며
뜨거운 사랑도 해봤다며 가장 그럴듯한 단어들을 꺼내어
한 살 한 살을 설명한다

사랑은 하고 싶지만 상처는 받고 싶지 않아 마음을 다 주지도
못한 채 회색 관계가 되어 그렇게 흐려진다
그러면서도 가진 건 사랑뿐이던 날들이 그립다

밤새 통화를 하고
화장실 가는 시간마저 손에서 전화기를 떼지 못하던
눈빛만으로 서로를 벌겋게 달아 올리던 시간들

설명이 설렘보다 길어진 이 나이
보기만 해도 눈물이 왈칵 날 것 같은 사랑을
다시 할 수 있을까

나부낀다

커튼이 나부낀다
텅 빈 바람에 나부낀다
달무리에 나부낀다
새의 날갯짓에 나부낀다
담 넘어 꽃 기침에 나부낀다

흐느끼는 영혼처럼
커튼은 쉼도 없이 나부낀다

네가 살고 있는 곳

널 떠나오며 온갖 흔적을 그림자로도 버렸다
반지를 팔고 기억도 팔았다
초를 켜며 마음을 태우고
술을 부어 의식을 재웠다
단 하나 몸서리가 쳐지는 것은
들어가 볼 수도 없는 사진첩
살아있는 인간도 아닌 것이
그곳에 아직 존재한다
사람을 죽이는 거 같아 삭제를 누를 수가 없다
사진을 절반으로 자르면 추억이 절반으로 잘리나
사람을 시켜 이곳에 사는 저 사람만 죽여달라고
요청을 해볼까
그렇게 하면 요새 나온다는 스마트폰 기능처럼
내 추억도 배경만 남을까
사람을 죽일 용기도 없는 나는
오늘도 수만 개의 사진을 지나친다

파도가 온다

파도가 보름달을 따라 밀려온다
바닷물을 뒤로 밀고 밀어
커다란 반원을 그리며 철썩 떨어진다
고요함은 성파를 맞이하기 위한 의식
배꼽부터 밀어 오는 존재한 적 없던 뒤틀림
초장을 뿌린 낙지의 몸부림
사막에 널브러진 뿌리 뽑힌 나무
흙을 입에 쑤셔 넣었더니
소금이 온몸을 비집고 나온다
웅크릴 수 있는 만큼 몸을 접어 구석에 처박힌다
숨이 목구멍에 걸려 한동안 소리 없이 꺽꺽대다
툭 하고 터져 나온다

그 사이 바닷물은 또 저만큼 뒤로 멀어져
더 큰 파고를 들쳐 멘다

사랑한다는 것은

사랑한다는 것은
욕실 신발 밑창을 몰래 닦아주는 것입니다

검은 물때가 샤워 물에
자취를 들어내면

어떠한 말도 없이 솔을 붙잡고
밑창을 벅벅 닦아주는 것입니다

사랑한다는 것은
솔질 마친 욕실화는 비스듬히 세워 두고
“아 개운하다”
말해주는 것입니다

주인공이 되었다

관심과 사랑
연민 그리고
단단한 충고

목욕탕에서도
달리는 기차 안에서도
어느 집 침대 위 작은 휴대폰에서도

영영 꺼지지 않는 화면에 갇힌 나는
너는 아니었기를 바라는 주인공이 되었다

삶은 그런 것

북극성을 보고 걷다가
비 때를 만나
나룻배에 누워 별 길을 헤치고

새벽녘 첫 이슬처럼 온 이와
저무는 달을 통곡하다
빈 갈림길을 나누어 걷고

잠든 오아시스를 만나
물그림자로 떠내려온
해를 길 삼아 떠나는 것

열두 달
찾고 잃다
그렇게 반복하다
어느 중간쯤 가는 것

이별이 가져다 놓은 것

너를 잃은 날부터 나는
넋이 나갔다는 것을 몸소 깨우쳤다
하지 않던 실수가 잦았고
잊고 잃기 일쑤였다
시간은 모든 것의 약이라고
어떤 현자가 말하였나
이름 모를 저 깊은 장기 끝에 맺힌
쓰라린 응어리는 어찌하지 못하지만
먹어지고 살아지고
햇살과 노을이 보이며
계절이 가져오는 변화가 크게 느껴진다

이따금씩 구두의 약속마저
선명하게 떠올라
베갯잇을 적시지만
이도 며칠의 아픔일 뿐
널 잃은 날의 아픔은 아니다

너의 빈자리는 큰 슬픔이 메웠으나
차차 메워진 자리가 단단히 굳어
틈을 나로 메꾸어 간다
너를 바라보며 돌보지 않았던 나를
사랑으로 애틋하게 가꾼다

나를 소중히 살뜰히 아끼니
세상의 모든 것이 감사히 다가온다
사람이 보이고
좋아했던 꽃이 보이고
추억에 미소 짓는 내가 보인다

머나먼 추억 속에서
슬픔 아닌 작은 웃음을 주는 너
아직은 밉고도 아프니
너는 나보다 딱 일 년만큼은 더 힘들다가
다시 행복하길 혼자 바라본다

사랑하고 싶다

무덤에 들고 갈 만큼
영원한 것은 아니라는 게
뜨거운 사랑이라지만
축축하게 숨 막히고 가슴 시린
사랑이 하고 싶다

야속한 인사가 고개를 쳐들고
다시 마음을 수런거리게 한데도
달빛에 피어난 그리움 같은
사랑이 하고 싶다

맞잡은 눈빛이
온 마음을 토닥이는
복사꽃 같은 입맞춤이
새의 행진을 부르는
그런 사랑을 하고 싶다

그런 사랑을 받고 싶다

이별의 구름을 지나

시속 오백 킬로로 하얀 구름 위를 달리는 것이었다
멀리서 보았을 때는 가벼운 걸음이었겠으나
기체가 심하게 흔들리는 비행기 같았다
구름은 이별한 사람들이 꿈에서도 흘려보낸 눈물의 거미줄
끝없이 얽힌 거미줄 사이를 하염없이 달리는 것이었다

슬픔의 길이

비문에 새겨진 글도
시간이 지나면 흐려진다

한데 너의 슬픔이 영원하랴

그립다는 말 만은

허공을 유영하던 단어들
자기들끼리 줄을 맞춰 앉았다

지지리 떠오르라고 애를 쓸 땐
깔깔거리며 잡히지를 않더니

가만히 이불 펴고 눕기만 하면
부르지도 않은 것들이 와 앉아 있다

겁을 주고 내쫓으면
사막의 모래알처럼 더 파고든다

속수무책으로 쏟아져
온통 멍 자국이다

협박은 안 통하니 회유를 해보자
양을 한 마리 두 마리 줘보자
바흐와 헨델을 들려주자

저것들이 이리저리 줄을 맞추다
그립다는 날카로운 말을 불러오기 전에
지금 돌려보내야 한다

이름

안간힘으로 지워진 이름아

홍시가 툭 하고 떨어지고
바람 스산히 부는
가을이 되면
가로등 불 따라 한 주머니에 포개 있던
따뜻한 두 손 기억이 난다

너의 이름을 부르지 않는 것은
아침이면 머리를 매만지며 흥얼거리던
너의 노랫소리 때문이고

너의 이름을 부르지 않는 것은
늦은 새벽 꽃 시장에서
한 아름 신문지에 둘러온 이름 모를 꽃 때문이고

너의 이름을 부르지 않는 것은
19평 문 한쪽 없는 달큼한 집에서
웃음소리에 맞춰 춘 춤이 있기 때문이다

이제는 너도나도
해가 별을 보듯
죽음이 삶을 보듯

기쁨 속 존재할 수 없는 슬픔처럼

서로의 이름을 뒤로한 채
안녕히 안녕히

너의 생일이었다

며칠 전부터 중요한 걸 잊어버린 기분이었다
잊으면 안 될 거 같은 무거움이었다
놓쳐버린 일정이 있나 싶어 약속도 잡지 않았다
분명한 건 꼭 해야 하는 무엇인가 있었던 것

기억이 아닌 온몸이 느꼈다
습관처럼 마음이 알아내 아프다
지나버린 몇 해의 날들이 스쳐 아리고
올해는 기쁘지 않길 바라는 소원이 가엾다

생일을 축하한다
이번이 마지막 마음이길 바란다

그렇게 어려운 것이었다

단출한 된장 뚝배기에
두 숟가락을 담가 먹으며 고개를 끄덕이는 일은

손을 맞잡고
낯설게 희어진 세월을 올려보며 걷는 일은

대지를 안아오는 붉은 하늘을
묵묵히 함께 바라보는 일은

주어진 마지막 감정만을 남긴 채
나란히 잠든 얼굴을 바라보는 일은

그렇게도 어려운 것이었다

어둠 속에서 슬퍼할 너를 위해

때를 기다리는 것이다
쓰레기통 안의 다이아몬드처럼

혜안의 손길이 닿을 때까지 잠시 기다릴 뿐이다
가치는 고귀하며 변하지 않는다

언젠가 세상과 다시 마주할 때
너는 겨울 아침의 햇살처럼
감춰두었던 빛을 원 없이 밝힐 것이다

목련

덩그런 가지를 비집고
복슬복슬한 희망이 조롱조롱 매달린다

하얀 길섶에 우두커니
한참을 흔들리다
작은 의지들이 태다하게 떨어진다

안간힘을 쓰다 기어코 햇줄기를 마주한 꽃봉
망설임도 없이 터져 나온다

새로 아기를 받아든 산모처럼
아직은 낯선 모양새로 받쳐 들고

삶이란 이렇게도 피어난다고
목련은 하얀 얼굴을 들이밀며 말한다

『춘하추동과 삶의 노래』

세상은 춘하추동의 이야기로 넘쳐흐르고
계절의 숨결 속에서 삶은 노래가 됩니다.
산들바람에 귀를 기울이고
자연의 손길에 눈을 뜨면
잊고 있던 순수한 영감이 차오릅니다.

변화하는 계절의 정취 속에서
세찬 비바람이 불어도 꽃은 피듯이
기쁨과 슬픔의 다양한 몸짓들이
어둠을 뚫고 태양의 빛으로 깨어나
시가 되고, 삶의 노래가 되었답니다.

시인 황인

마음의 봄비

봄이 꽃잎을 흩뿌리며 다시 찾아와
님을 그리워하는 마음이 새록새록 피어나네요
봄비가 내리듯 생각의 이슬들이 흘러내려
사랑의 노래가 마음을 적셔 놓네요

따스한 햇살이 어루만지면서
봄바람에 감싸여 흐르는 그리움이 흔들려요
영원토록 님을 향한 마음은 꽃들로 피어나서
마음의 봄비가 다시 몰려와 눈물로 흘러요

비 내리는 봄에 님을 처음 만나
나에게 우산을 씌워 주던 상냥한 그 모양새
도원 같았던 벚꽃 구경과 오월의 나날들
비 오는 날 장미꽃 필 적에
돌아온다고 약속하고 떠난 내 님

세상이 수놓은 사랑의 은유들이
마음속에 간직되어 느린 봄비처럼 쏟아지네요
그리움의 노래가 불어와 사무침이 젖어 들면
또다시 봄이 찾아와
님을 사모하는 마음이 번져요.

여름날, 태양과 함께하는 즐거움

여기는 여름날의 해변
눈앞에 펼쳐진 에메랄드빛 바다와
끝없이 이어지는 모래사장이
섭씨 37도의 작열하는 열기와
함께 휘몰아치고 있는 가운데
여름색의 태양이 환하게 빛난다
나는 너와 헤엄치며 시원한 물결을 맞으면서
땀을 흘리지 않고도 시원함을 느끼고 있다
태양 같은 수박과
바다색의 모히또를 먹으며 함께 즐긴 시간은
여름의 꿀맛 같은 추억으로 늘 남을 것이다

뜨겁지만 따사로운 하늘을
청량하게 날아다니는 갈매기의 모습과
느긋하게 들려오는 푸르른 울음소리는
여름날의 해변에서 만끽하는 낭만이다
서로 함께 모여 있는 지금,
인자한 태양의 미소가 우리를
괴로움들로부터 해방시켜 즐겁게 해 준다
이 여름의 낭만을 축복하며
이 순간이 평생 간직될 수 있기를 바라며
함께 여름 속으로 빠져들어
더욱 여름여름 한 필름들을 만들어 보자.

가을 남자

쾌청한 하늘은 가을바람을 실어 오며
팔레트 같은 단풍나무 아래에 앉아
인생의 청사진을 그리는 나를 담아 준다
노란 단풍잎들과 빨간 열매들이 춤추며
내 안에도 화려함과 시원함이 스며든다

벤치에서 읽던 책 페이지는 흐트러지고
내 손에 쥔 홍시는 달콤함이 번져 가며
느긋한 가을 정취가 내 안에 깊어진다
가을 남자라면 이 감성적인 순간들에서
자신만의 리듬으로 그림을 완성할지도…

부드러움과 강함의 소유자, 가을 남자
영감을 주는 가을날의 정취와 함께
나는 또 다른 시간을 그려 나간다.

겨울 떡국

겨울이 찾아와 반가움이 땅을 덮는다
하얀 눈송이들이 오방에서 춤을 춘다
내 눈길은 오감도 춤추게 할
설레는 한 그릇으로 향한다
포근한 그릇 안에 녹아든 떡
갖가지 고명들과 펄펄 끓는 국물 속에
겨울의 추위를 떨치는 따뜻함
그 따뜻함이 내 맘을 녹여 준다

떡 한 조각, 내 감정을 품다!
따뜻한 미소로 가득한 얼굴
어린 시절로 돌아갈 것만 같은
내 안의 소중한 추억이 들려온다

추운 겨울날이면 찾아오던 불청객, 감기
하지만 떡국 한 그릇에 담긴 따스한 온기와
가족들과 함께라면 이겨 낼 수 있다는
밝은 희망을 다시 한번 느껴 본다

눈송이가 포슬포슬 떨어지는 날에는
내려오는 눈이 떡국의 떡과 같아 보인다
뜨끈한 떡국 한 그릇에 담긴
겨울의 따스함, 그리워진다.

봄날의 벚꽃 스케치

황금빛 태양이 비추는 진해 여좌천
로망스 다리는 우리를 낭만의 길로 초대하며
그곳을 감싸는 잔잔한 내수면 호수는
아름다움이 피어나는 곳으로 치솟는다

석촌 호수의 푸른 물결 속에는
백조 같은 거위들의 풋풋한 사랑이 녹아들며
수많은 꽃잎들이 춤을 추어 공중으로 떠올라
매직 캐슬로의 향연처럼 천국으로 온 듯하다

서울 봄꽃 레이스, 여의도의 축제
완주 중인 달리미들의 지친 걸음을
산들바람이 벚꽃과 함께 살랑 스치고 간다

세상의 모든 핑크빛 물결들이
향긋한 벚꽃에 모여들며
환상의 벚꽃 스케치 계절이 시작된다

벚꽃이 피어나는 그 순간,
시간은 멈추고 공간은 환히 빛나며
행복이 그림을 아로새긴다
봄이라는 팔레트로 낭만을 색칠하면
어느새 벚꽃 스케치가 완성된다.

여름 수박화채

수박을 반으로 쪼갤 때
여름은 한순간 붉게 터지며
먹으면 입안 가득 차오른다
씨앗과 잣은 작은 별들이고
그 별들은 사이다 속으로 떨어져서
거품 속에서 소리 없이 춤추는 사이다
숟가락은 천천히 깊숙이 파고들고
과육은 입안에서 녹아내린다
사이다의 청량한 기포는
혀끝에 닿자마자 터지고
그럴 때마다 웃음소리가 번져 간다

한 모금 더, 한 숟가락 더
사람들은 서로를 바라보며
웃음을 나누고 그 속에서 수박은
다시 부서지고 또다시 퍼진다
수박과 꿀물, 그리고 사람들의 시간
모두가 어우러진 이 순간은
맑고 차가운 여름의 꿀이다
사람들의 손길에 남은 여운은
여름의 찬 기운을 천천히 거둔다

수박화채는 박수갈채다.

가을비

가을비가 솔솔 내리는 오후
창가에 앉아 나만의 고요한 순간을 누린다
한잔의 차가 나의 손에, 온기를 안겨 준다
창밖으로 내다보면
길가의 나무들이 적막하게 비에 젖어 간다

가을비의 미소
내 마음을 설레게 만든다
그 빗방울 하나하나가 사랑의 속삭임
우리의 이야기
가을의 품안에 담아 두고 싶다

멀리서 들리는 단풍의 붉은 소리
저 멀리 등산객의 야호 소리
가까이는 친구의 흥얼거리는 소리
그 소리 속에 가을의 감성이
빨간 여우비와 함께 울려 퍼진다

그대와 함께한 가을비
가슴 깊숙이 간직하고
우리의 사랑은 더욱 강해질 것이다
단풍색의 가을비는
마음의 근육이 자라는 자양분인가 보다.

겨울 속 소망의 눈물

소망의 눈물은 차디찬 땅을 적시고
겨울의 침묵 속, 봄의 속삭임을 품습니다
얼어붙은 가지 끝에도 작은 생명이 움트고
우리는 그 빛을 향해 조용히 손을 내밉니다

눈 속 깊이 숨겨진 씨앗들은
긴 기다림 끝에 다시 피어나며
어둠을 뚫고 나온 연한 새순이
새로운 계절을 향해 떨림을 전합니다.

늙어 가는 봄날, 그리움이 몰려와

늙어 가는 봄날,
그리움이 몰려와
옛사랑의 향기가 코끝을 스쳐 지나가네
꽃들은 아직 피어나지만
나는 이미 지나간 시간 속에
언제나 그대와 함께한 그 추억들이
가슴 깊이 남아 있네

봄의 그늘 아래,
그대와 함께한 나의 손길이
내 마음속 깊숙이 간직된 기억이 되어서
끝없는 시간을 넘어
우리의 사랑은 이제
그리움의 끝에서
서로를 바라보며 회귀하네

늙어 가는 봄날,
그리움이 몰려와
지난날의 추억들이 다시 내 마음을 뒤흔들어
꽃들은 아직 피어나지만
나는 이미 지나가 버린 그 시간 속에
언제나 그대와 함께한 그 추억들이
마음속 깊이 남아 있네.

솜사탕

부모님과 함께
솜사탕을 찾아 나서는 순간
행복의 문이 열리듯
아이들의 마음은 신난다

솜사탕은 부드러운 구름처럼
품위를 갖춘 아름다움으로
아이들의 손을 감싸 안는다

솜사탕은 동그란 모양답게
아이들의 꿈을 감싸 주며
그 모양과 달콤함은
마음의 꿈을 상징하는 듯하다

솜사탕은 빛나는 색감으로
아이들의 순수한 감정을 표현하는
흰 도화지 같다.

삼복더위를 이긴 여름 나기

초복은 차가운 냉면 국물처럼
해갈이 혀끝에
서늘하게 흐르는 시간을 갖는다
산 너머 하늘빛은 수정처럼 맑아
햇살은 뜨겁게 쏟아지지만
바람의 끝에는 서늘함이 스친다
한입 가득 밀어 넣은 면발이
목구멍을 타고 부드럽게 내려갈 때
더위는 잠시 가라앉는다
냉면 한 그릇 속에 담긴 이 여름은
거품처럼 떠올랐다가
고요히 가라앉는 무더위이다

중복의 날
매미들은 시원하게 운다
매미가 울고 또 울면
마치 더위를 끌어모아
쏟아 내듯이
여름은 가볍게 흐르고
끊임없이 반복되는 매미의 소리는
뜨거운 시간을 갈라놓는 난파의 진동이다
그 울림 속에서
더위는 조용히 물러난다

마치 매미가 던지는 여름의 공식처럼…
덧없이 흐르는 순간의 틈에서
우리는 이류 철학자가 되어 사색한다

입추가 지나 말복이 오면
바람은 이제 포근하고
여름은 지친 듯 느리게 흘러간다
바람의 끝에는 가을의 냄새가 묻어오고
더위의 흔적은
잔잔한 바람에 씻겨서 사라지고
그 빈자리를 높아지는 푸른 하늘이 차지한다
서로 얽히고 풀리며 순환하는
뫼비우스의 띠 같은 구름 사이로
우리는 여름의 여정, 그 끝을 바라본다
삼복의 끝자락에서 더위를 이겨 낸 우리는
이제 가을을 기다린다
귀뚜라미들의 합창을 기다리며
서늘한 여유가 마음 한 켠에 자리 잡는다.

한글날 만세-상서로운 우리의 가을 노래

한국은 자국의 문자 없이
삼천 칠백여 년을 보내왔다
돌과 나무에 남긴 상형과
먼 외국의 글을 빌려서
우리의 이야기는 늘 흩어졌고
뜻은 먼 곳에 닿지 못했다
그러던 어느 날, 하늘과 땅의 소리,
사람의 숨결을 닮은 글자가
빛처럼 가을날, 이 땅에 내려와
어둠 속 백성의 마음을 밝혔다

글자는 이제 단순한 모양이 아닌
살아 있는 소리가 되어서
우리의 입술과 손끝에서 흐르고
시냇물처럼 잔잔히 그러나 끊임없이 이어진다
그 소리는 바람과 함께 세상을 가로지르고
산과 강에 울려 퍼져 자연의 노래가 되었다

날마다 백성들은 이제
스스로 우리의 얼을 쓸 수 있게 되었고
눈으로 읽고 귀로 듣고
입으로 말하고 손으로 쓰며
말에 매달려 있던 마음도

글이 되어 흘러내렸다
가난한 자도 부유한 자도
자유로운 소통의 나라에서
함께 강산의 노래를 부르며
모두 '나'가 아닌 '우리'로서 모여들었다

만백성이 이제는 각자의 손에 필기구를 쥐고
세상의 모든 말과 뜻을 적어 내리며
서로를 이해하고 배려하며 공감하면서
하나의 소리로 맞추어진 이 땅의 울림은
온 세상에 퍼져 나가고
그 소리가 무궁화동산을 채우고 있다

세종대왕은 어둠 속에서
홀로 별을 보고 긴 밤을 깨우며
학사들과 글자를 빚어냈고
그 글은 마음과 마음을 잇는 다리가 되었다
훈민정음해례본은 우리글의 첫 자취
오늘날 한국어는 세계 문화가 서로 소통하는
케이팝 중심의 한류 열풍이 되었고
그 꿈은 현실이 되어서
우리의 말과 글은 매일의 삶 속에서
새로운 역사를 만들어 가고 있다.

겨울, 봄, 여름, 가을, 그리고 겨울

1월, 새해 첫 달에 선 당신
하얀 눈 위에 '희망'이 기다립니다
다음 달은 설렘 가득한 '새출발'입니다
문은 활짝 열려 있습니다
2월, 찬 바람을 뚫고
'기다림'이 움트고 있습니다
겨울의 끝자락에서도
봄을 향한 준비는 계속됩니다
3월, 따스한 바람이 불어오며
'새싹'이 고개를 내밉니다
얼어 있던 맘도 풀려 새 도약을 맞이합시다

4월, 꽃잎이 흩날리며
'기쁨'이 가득 차오릅니다
햇살 아래, 당신의 미소도 함께 피어납니다
5월, 초록빛 나무들이
'성장'의 증거를 내보입니다
더 높이 뻗어 가는 가지처럼
당신의 꿈도 무르익어 갑니다
6월, 태양이 머리 위에서
'용기'를 북돋습니다
더운 날씨에도 지치지 말고
당신의 길을 굳건히 걸어갑시다

7월, 빗방울이 떨어지며
'회상'에 물들어 갑니다
흐르는 빗속에서 잠시 추억을 돌아봅시다
8월, 열정이 뜨겁게 타오르며
'도전'의 시간입니다
태양처럼 강렬히 가슴 속 열망을 불태웁시다
9월, 선선한 바람이 불어오며
'변화'가 다가옵니다
가을의 문턱에서 익어가는 꿈을 바라봅시다

10월, 단풍이 물드는 풍경 속에
'결실'이 찾아옵니다
노력의 열매가 맺히고
당신의 손에 닿을 시간이 왔습니다
11월, 차가운 공기 속에서도
'감사'의 마음이 떠오릅니다
작은 것들의 소중함을
가슴에 새기는 시간이 됩시다
12월, 마지막 달에 다다른 당신
'마무리'가 눈앞에 있습니다
돌아보며 미소를 짓고 새해를 준비합시다
이제 곧 출발합니다.

날씨

맑은 날의 화창함은
새로운 시작을 준비하는
활기찬 기운을 불어넣는다

바람 부는 날의 시원함은
상쾌한 느낌이 들어서
발걸음이 가벼워진다

비 오는 날의 흐림은
동굴 속을 탐험하는 듯한
긴장감을 몸에 내리게 한다

눈 오는 날의 푸근함은
아이들의 순수하고 깨끗한
마음을 불러일으킨다.

축구

푸른 잔디 축구장 둥근 축구공
필드 선수 스물둘, 심판과 관중들
응원의 물결 따라 바뀐 전광판
어느새 로스 타임, 수고의 승부

상대 팀의 3-4-3 우리 4-5-1
창과 방패의 경기, 교체 전술들
골라인을 통과 후 세리머니 쇼
수비는 승리 비결, 우승을 향해.

우체국

우체국은
우리 생활에 조금씩 묻혀 있는 보물 창고
우편물은
마치 감미로운 음식처럼 기쁨을 줘
우체국 직원은 신속한 민족의 사자
마치 음식 배달원의 재능 같아
때로는 우체국의 서비스에도
문제는 있을 수 있어
편지가 누락되면
마치 주문이 잘못 나온 음식처럼 실망스러워

우체국은
우리 연결의 중심이며 금융의 보고
편지와 패키지를 통해
사랑을 전하는 마치 로맨틱한 레스토랑
우체국은
새로운 기술과 함께 미래로 나아가
디지털 혁신을 통해
마치 고품격 음식 배달 서비스처럼 변화 중
우리 민족과 우체국의 우정은
우리의 역사와 연결되어
우리의 이야기와 기록을 수집하는
마치 다양한 박물관 같아.

나무

언제나 그 자리에
꿋꿋이 서 있는
늠름한 너

맑은 공기 뿜어내며
우리에게 선물을 주는
세월의 산증인

새들이 놀러 와 노래하고
바람이 나뭇잎과
속삭이며 친구하네

때로는 거친 비바람이 불어오고
차가운 눈보라가 휘날릴 때에도
듬직하게 견디어 내는 너

너는 참으로 고귀하고 멋지구나!
이 보배에 푸르름이
무럭무럭 깃들기를 늘 기원할게.

육회비빔밥

입안에서 생물의 흔적이
살아 움직이는 듯한
경이로움으로 시작한다

붉은 육회는 열정의 불꽃
푸른 비빔밥은 산의 깊은 녹음
음양의 조화를 이룬 완성된 한 그릇

육향과 어우러지는 육색의 여러 채소들
과거, 현재, 미래도 항상 건강 지킴이
하하호호 유쾌한 육회비빔밥

입맛이 지칠 즈음, 우리에게
산뜻하고 풍성하게 보답하는
보석 같은 맛과 영양을 선사한다.

고구마

농부들의 땀방울이
땅속에 스며들어
줄줄이 알차게 매달렸네

영양이 가득한 고구마
따끈하게 삶아서
김이 모락모락 날때

후후 불어
한 입 베어 물면
맛있구마

달콤하고 부드러워
입가에 미소가
스르르 번지네.

에스파냐?

독특한 추억을 남길 수 있는
매력적인 나라는 대한민국 외에 어디 있냐
You love의 이베리아반도에
정열의 꽃, 스페인이 피었다
스페인 사람들은 어떤 이미지를 가졌느냐
외국인들을 반기는 엘니뇨들과 라니냐들은
올라하며 웃는 장난기 속 천진난만함이 있다
마드리드에서 투우의 관전 포인트는 무엇이냐
소의 침묵, 투우사의 시간과 춤이다
고요 속에서 둘은 서로를 응시하며
생과 죽음 사이, 운명의 무도를 펼친다
바르셀로나를 상징했던 것은 무엇이 있냐
축구 클럽과 건축가 가우디 등이 있다
가우디의 숨결은 어떻게 느낄 수 있냐
호수 공원에 비친 사그리다 파밀리아 성당은
화룡점정을 숨 고르고 있다
카탈루냐 광장에서 플라멩코를 추던
전설의 세뇨리따는 누구냐
기억의 시간 속에서
그녀와 같이 상그리아 두 잔을 나눠 본다
옛 영광의 무적함대는 어디로 흩어졌느냐
역사의 바다에서 그들의 항해는 끝나지 않고
카르페디엠 속에서 아모르를 실어 나른다.

착한 치킨

나는 닭 다리를 뜯는다
사장님의 손맛이 스며든 고소한 육질,
고향의 바람처럼 부드럽게 입안에 퍼진다
착하게 웃어 보이며
삶의 소소한 행복이란 이런 맛이리라
안심살을 먹는다
순수하고 부드러운 살결은 첫사랑의 달콤함,
착한 맛의 치킨이 어린 시절 추억을 흔든다
가슴살을 씹는다
단단한 육질,
삶의 무게와 같아 어깨를 짓누르지만
버티고 견디는 그 의미를 깨닫는다
마지막으로 닭 날개를 먹는다
날개는 자유,
희망을 상징하는 작은 날갯짓으로
꿈을 향해 날아가는 나의 모습을 본다
희망이란, 결국 이 작은 조각에서 시작된다
닭 다리, 안심살, 가슴살, 닭 날개 등등
내 삶의 한 조각들
그 조각들이 모여 완성된 한 아우라
이 착한 치킨이 내게 삶의 철학을 속삭인다
나는 오늘도 그 의미를 되새기며
한 입 두 입 착함을 충전한다.

현대 물리학

별들의 춤이 연주하는 은하 수학
아인슈타인의 생각처럼
신비한 시공간 속으로…
양자적인 계산과
자연 철학의 흐름을 파악하며
세상의 새로운 비밀을 찾는 연대기

$E = mc^2$과 중력으로
시공간을 휘저어 보며
언어는 수식, 현실은 상대성
햇빛 아래 중성 미자가 되어
뜨거운 현상을 탐험하며
코딩으로 평행 우주로의 문을 열어
발을 내딛는 순간
쏟아지는 물질과 에너지의 보따리들

양자 색역학, 중력 물리학,
블랙홀 열역학, 페르미 에너지
쿼크와 끈과 확률의 세계로 나아가는
우리의 이론과 실험의 여정
평면의 현실과 고차원의 문
그 경계 너머로…
상호 작용들의 꿈, 현대 물리학의 이야기.

라면과 함께라면

동그란 냄비에
뜨거운 물이 보글보글 끓어오르면
노란 면과 마법의 가루를 살며시 넣는다
물결무늬 면발이 세차게 출렁일 때
파와 계란를 넣어 맛의 조화를 맞춘다
알싸한 향이 고소한 향으로
은은하게 확산되고
마치 노을빛의 강물이 춤추는 것처럼
감미롭고 고요한 감동을 준다

모든 것이 면발과 미소를 따라가듯
라면은 삶의 길이고 행복의 섬이다
후루룩, 후루룩, 후루룩
식탁 위의 자극성이 묵직한 라면을
먹고 있노라면
오히려 시간의 중압감은
강변의 바람처럼 가벼워진다
수저를 내려놓을 때면
포만감과 따뜻함이 함께 웃는다.

무지개 브런치(무브)

비가 온 뒤 싱그러운 오전의 맑게 개인 날
콧노래를 흥얼거리는 주방에서
빨간 방울토마토는
예쁘게 반으로 쪼개고
주황 파프리카는
길게 줄지어 늘어서고
노란 단호박은
달님 조각같이 올리고
초록 오이는
싱긋 웃어 자리 잡네
파란 블루베리파이는
슬며시 끼어들고
보라 건포도, 닭 가슴살, 각종 치즈,
견과류도 넣고
하얀 라이트 랜치 드레싱을
사뿐히 툭
남색 아로니아청으로 만든 주스
한 컵도 잊지 마
자연의 색깔들로 완성된 무지개 브런치

아치 모양인 무지개의 꿈처럼 다채롭고
친구들과 나눌 때 햇살처럼 포근한 맛
어느새 무지개다리를 타고 오후로 무브 온.

바나나로 반하나?

물음표처럼 구부러진 궁금한 바나나
달빛을 휘감아 쥔 손길처럼
부드러운 바나나의 도톰한 모양은
마치 너의 입술이 떠오른다
한 입 베어 물면
사르르 녹는 그 단맛은
너의 말 한마디에 반해 버린 내 마음 같다

바나나, 반하나?
나와 너의 사이엔 언제나
무언가가 남겨지는 그 절반의 간격
손끝에서 미끄러져도 결국 다시 돌아오는
너를 향해 반반씩 반씩 다가가는 나
날 봐, 나를 봐, 너를 향해
빙그레 웃는 바나나.

변화의 고백

하늘은 여전히 회색빛일지라도
산은 희망의 향기로 채워진다

해가 바뀌어 내 몸 그대로일지라도
모두가 어딘가에서
변화의 물결을 맞이하고 있다.

하늘 공원

가을 향기가 실린 하늬바람이 불어와
시련의 눈물을 마르게 하면
그 바람을 벗 삼은 여유는
의연한 푸른 하늘을 닮아간다
바람개비가 손짓하는 설레는 곳으로
하늘을 찾아, 바람을 찾아, 자유를 찾아
두 손을 맞잡은 커플들의
블링 타임, 쿨링 타임, 힐링 타임
억새밭을 배경으로 저마다의 여유를 되찾는다
그들의 사랑도 바람처럼 흔들리며
낭만적인 핑크뮬리 속에 속삭임이 피어난다

서울의 서쪽, 이곳은 일몰이 멋스러운 곳
멀리 해가 저물 때 하늘은 황금빛에 물들고
붉은빛이 억새 위를 감싸안으면
하늘도 강도 사랑을 축복하듯 밝게 빛난다
쓰레기 매립장에서 나비같이 된 하늘 공원
억새는 나비의 연약한 날개처럼 하늘거리고
이젠 활짝 편 날개로 바람과 함께 날아올라
마치 우리 마음속에 품은 희망처럼
눈부신 하늘을 향해 날아간다
바람은 여전히 불고 그곳에서 만난 자유는
우리에게 또 다른 날개를 달아 준다.

같은 종족

어제 너는 나의 눈에
에메랄드가 있다고 나에게 말했다
어제 나는 너의 눈에
바다가 있다고 너에게 말했다

오늘은
어제 나의 눈에 있었던 에메랄드를
어제 너의 눈에 있었던 바다에
던져 본다

나의 청신호로 물든
너를 바라보며
이제서야
같은 종족이 되었다.

짬뽕 랩소디

마그마처럼 뜨거운 해장의 바다 위로
일상의 스트레스를 뚫고
그릇 위로 올려 치는 가락의 비
휘몰아치던 바다와 비를
주인이 만나자 안색이 돌아왔도다

짬뽕 한 그릇
그 얼큰함의 매력
다채로운 토핑들의 조합이
한 그릇에 세상의 다양함을 담아낸다

돼지고기의 단짠, 해물의 향긋한 바다 내음
차돌박이의 고소함과 오징어의 식감
모든 것이 한 자리에서 만나
입속에서 춤을 추며 환희를 전한다

우리는 각자의 삶을 살아가고 있으며
저마다의 형편은 다르지만
짬뽕 한 그릇 앞에 모여
우리의 다양성과 인연을 맛본다

새 짬뽕은 맛난 새로운 만남.

오미자

여러 맛이 단일화된 오묘함의 단맛, 일미자

짠맛이 이렇게 나니 짠맛, 이미자

느낌이 쓴맛이 나는 삼 같아 쓴맛, 삼미자

신사의 건강에도 좋은 신맛, 사미자

매우 오랫동안 사랑받는 매운맛, 오미자.

간장게장

소박한 주방, 거기서 시작되는 이야기
간장과 게가 만나 비밀을 뿜어내는
어머니의 손끝에서 전해진 전통의 맛
간장게장, 그 깊은 유산의 향기

밥도둑이라 불리는 너의 매혹
한 점 한 점 입안에서 펼쳐지는
바다의 이야기, 그 은은한 조화
게딱지 비빔밥의 황홀경, 그 끝없는 유혹

입맛이 없을 때 찾아오는 한 접시의 기적
간장게장, 네가 가져다주는 생명의 힘
쏟아지는 땀과 일상의 피로 속에서도
너의 감미로움은 다시 힘을 준다

부드러운 살점 속에 녹아드는 간장
그리운 시절의 추억과 함께
입안 가득 퍼지는 풍요로운 감각
식탁 위에 놓인 그 소중한 보물

키토산의 생명력과 오렌지빛 희생의 사랑
간장게장, 맛의 꽃인 네가 있어
오늘도 한 접시의 행복 속에 머무른다.

황야의 무법자

무한한 황야에서 길을 터는 자
옛 나날의 석양에 물든 카우보이의 꿈
아름다운 여자의 미소는 마음을 훔치고
돈과 복수의 그림자로 물든 이야기

총성이 침묵을 깨고 산들이 우는
거래의 협상, 어둠의 계약
철과 명예, 모두를 건네주며
황야에서 피어나는 인생의 미학

무법자의 길은 묘한 고요
별빛 아래로 모든 걸 내려놓을 때
어둠의 적막 끝에서
승부의 버저비터를 알리는
지평선 위로 떠오르는 여명

그 여명은 마치 낡은 카우보이모자
여명 속의 태양
태양을 머리에 쓴 승자는…
말없이 또 다른 목적지를 향해 떠나는
바람 같은 이방인.

만병통치약

언제나 어디서나 필요한 친구
마음의 상처를 달래 주는 친구
행복한 기운으로 가득한 친구
그 이름은 착한 만병통치약

어두운 밤, 힘겨운 낮
그리고 어려운 순간에도
만병통치약은 항상 우리 곁에 있다
내 안의 모든 상처를 치유해 주는…

한 모금을 마시면 마음이 편해지고
한 알을 삼키면 몸이 가벼워진다
삶의 지혜가 담긴 물파스를 바르면
순간에 통증이 감소한다

만병통치약, 마법 같은 주문
모든 문제를 해결해 주는 그 힘과 시간은
대단한 신비로운 것이 아니라
일상 속의 운동과 자연식, 긍정적인 마음
그리고 모든 따뜻한 사랑의 에너지이다.

옛날 잡채

동네 잔칫날, 흥겨운 분위기 속
갓 볶아 낸 잡채 향이 나는 마을
그 먹음직스런 맛에 입가는 웃음 번져
신나는 잔치의 기쁨을
한데 모아 서로 나누며 모여든다

잡채 접시엔 다채로운 채소와 고기
그리고 호로록 당면
눈부신 화면처럼 풍성한 색채를 이루며
조화롭게 어우러진 각양각색의 재료
한 입 먹을 때마다 행복이 넘쳐 난다

먹는 사람들의 얼굴엔 환한 빛이 비추어
사랑과 건강의 미소가 번져 간다
잔치의 의미를 되새기며 함께 모여
우리는 가족과 이웃이 하나 되어
더욱 풍성한 나눔을 만든다

옛날 잔칫날의 추억은 지금도 생생하게
잡채 한 접시로 떠올려지며
그 속에 담긴 맛과 이야기는
과거와 현재가 전통으로 이어져
우리의 생활 속에 소박하게 남아 있다.

차선책

먼저 손에 쥔 카드가 아쉬운 결과를 낼 때
느리게 멀어지는 고달픔의 기분처럼
마음의 첫 그림은 먼지 속으로 사라진다
그러나 산 아래의 길은 더 넓다
좁은 산등성이에서 벗어나면
제일 좋은 길이 아니어도 충분히 아름답다

차선책은 바람에 흔들리는 잎사귀처럼
겸손히 자리를 잡고 서서히 피어나는 꽃이며
완벽을 좇아서 틈을 메우는 것이 아니라
틈새에 깃든 평화로움을 안는 해결책이다

첫 그림은 소나무 같았으나
두 번째는 버드나무
세 번째는 대나무
그리고 다른 나무가 되어도
모든 잎사귀는 푸르르지 않던가

플랜 A는 큰 바위였지만
플랜 B는 작은 물방울이 되어서
돌 아래에서도 고요히 흐른다
그리고 플랜 C는 흙 속에서 싹을 틔우듯
천천히, 더 깊이 뿌리를 내린다.

소리 타령, 음의 대응

하늘을 가르는 소리, 나는 풍경의 노래
바람에 실린 소리, 나는 자유의 춤
향기로 피어나는 소리, 나는 감정의 잔향
물결처럼 파도치는, 나는 생명의 소리

잔잔한 소리, 나는 평화의 속삭임
비 내리는 소리, 나는 치유의 노래
나뭇잎의 속삭임, 나는 자연의 숨결
도시의 혼잡한 소리, 나는 혼란의 물결

과음의 소리, 나는 불안의 떨림
침묵 속의 소리, 나는 명상의 깊음
들썩이는 소리, 나는 삶의 박동
마음을 녹이는 소리, 나는 사랑의 멜로디

우리는 소리와 음과 어떤 관련이 있는가?
어떤 소리가 으뜸인가?
어떤 음이 가장 깊은가?
소리들과 음들을 삶에 대응시켜 본다

삶의 소리, 궁극의 음,
좋음, 싫음, 무음, 마음…
쿵덕덕 쿵덕덕

리듬 속에서 나는 절정에 이른다

마지막 늙음, 나는 삶의 종착점
죽음의 소리, 나는 끝이자 시작
슬픔과 평온이 뒤섞인, 나는 떠남의 노래
조용히 이끄는, 나는 무언의 쏘리

복음이 전파되고
아기의 울음소리로 돌아가 시작하고
감사의 첫 숨소리로서
나는 곧음의 새 삶을 잇는다

먹음을 익히고
발걸음도 떼며
작은 손으로 잡는 희망의 몬테소리
나는 교육의 기쁨

이제 나는, 순환하며 자유로이 휘몰아친다
새로운 삶의 서막을 젊음으로 열며
바람의 마술피리로
빙긋 웃음을 휘리릭 분다.

『어른이 된 후, 퇴근은 멀고』

작은 책상 위에
오늘 하루를 담습니다.
네온 빛 아래 보이는
평범한 우리들의 뒷모습을요.

한 걸음씩 내딛는 발걸음,
웃음과 한숨 사이의 마음들을
조용히 적어두고 싶었어요.

이 글이 누군가에게
작은 위안이 된다면,
그걸로 충분히 따뜻할 것 같습니다.

시인 방제천

선배에게 후배가 –

친한 사이 아니잖아요

휴일에 뭐했느냐고 묻지 말아주세요
우리 그렇게 친한 사이 아니잖아요

아, 선배님
그냥 안부 차원이겠죠
진짜 궁금한 건 아니잖아요

대답하는 것도 어색하고 피곤해요
괜히 머리를 굴려
재미난 얘기 하나 만들어야 하나 싶고요

사실, 침대와 온종일
친구였을 뿐인데

근데 그런 거 굳이 말씀드려야 하나요?
우리 그렇게
친한 사이 아니잖아요

그러니 다음에도
그냥 눈인사만 해요
그게 딱 좋을 것 같아요.

커피향과 서류 더미

선배님의 커피잔은
언제나 따뜻하고
제 책상 위 서류는
언제나 차갑게 쌓여만 갑니다

이젠 커피 향만 맡아도
눈앞이 아찔해져요
말하지 않아도 알죠
누구에게 이 짐을 넘길지

회사에선 새 얼굴을 기다리지만
기다림만 쌓여 더 무거운 하루하루

혹시 커피 향이 아닌
새로운 바람이 필요하지 않을까요?
한 사람 더
저를 조금이라도 가볍게 해줄 수 있는

조금 더 여유를 찾고 싶거든요.

경력이 실력은 아니잖아요?

운전도 그렇고, 일도 그렇고
나이랑 경력만 많다고
늘 잘하는 건 아닌 것 같아요

실수할 때마다
"급발진이야!"
"너가 잘못 한 거잖아!"
하시면서 넘기시는 모습,
조금 의아하긴 해요

경력이 많으면
그런 변명도 자연스러운 건가요?
많이 해보셨다면서
왜 자꾸 비슷한 실수를
반복하는지 궁금하더라고요

나이와 경력이 쌓였다면
남 탓보다는 스스로 인정하는 게
더 멋지지 않을까요?

밥은 천천히, 제발

밥 같이 먹을 때
조금만 천천히 드시면 안 될까요?
선배님의 숟가락은
기차처럼 멈추지 않고 달려가니
저도 모르게 따라가다가 숨이 차요

아직 첫 숟가락의 맛도 느끼지 못했는데
벌써 빈 그릇을 앞에 두고
계산서를 찾으시면
속도가 벅차네요

저는 아직
한 숟가락의 여유를
조금 더 음미하고 싶은데
선배님의 빠른 속도는
시간을 삼키는 것 같아요

밥은 천천히, 제발요
같이 먹는 시간만큼은
조금은 여유를 주시면 좋겠어요
음식도, 대화도 천천히 즐기면 좋잖아요.

휴가는 어디에 있나요?

선배님,
휴가는 어디에 있나요?
손에 잡힐 듯
자꾸 멀어지네요

그저 살짝 물어봤을 뿐인데,
"쓸 거야?"
그 말에 마음이 얼어붙었어요

가벼운 질문이었는데
눈치가 무겁게 돌아왔어요

쉬고 싶다는 바람이
눈치 앞에선 사라지고
저는 그저 웃으며
일로 돌아갑니다

선배님,
길만 살짝 알려주세요
방법만 알면
그걸로 충분해요.

인수인계는 어디에?

인수인계는 어디에 두셨나요?
저는 받은 기억이 없는데
왜 저한테만 뭐라 하시나요?

문제가 생긴 건
제가 모르는 일 때문인데
그 일을 제게 알려주셨던 적은
없었던 것 같아요

제가 뭘 모르는 건
알려주지 않아서인데
왜 혼나는 건
저 혼자일까요?

다음엔
인수인계서라도
살짝 넘겨주시면
저도 조금 더 잘할 수 있을 것 같아요

그러면,
저도 덜 당황할 수 있거든요.

왜 묻는 건가요?

'건의사항 있나요?'
회의 때마다
묻긴 묻는데
말은 공기처럼 흩어지고
바닥에 떨어진 메모는
그대로 남아있어요

모두 고개를 끄덕이지만
결국 아무것도 바뀌지 않아요

그럴 거면
그 시간은 왜 가지나요?
차라리 커피라도 마시면서
가벼운 대화나 나누는 게
더 좋을지도 몰라요

이제는 대답할 힘도
조금씩 사라져 가네요.

모르면 같이 헤매요

선배님, 모르는 길을
같이 걸은 줄 알았는데
어느새 저만
길 잃은 사람처럼 남았네요

선배님도 모르는 일을
저한테 넘기셨잖아요
저도 길을 몰랐지만
어쩌겠어요, 그냥 걸었죠
그런데 왜 인제 와서
저만 문제인 것처럼 말하시나요?

길을 모르면
같이 헤매야 하는데
왜 저만 돌길을 걷고 있나요?

다음엔,
모르면 같이 헤매고
잘못되면
같이 웃기로 해요.

폰트가 입은 옷

보고서를 건넸는데
내용은 투명한 유령처럼
보이지 않고
폰트의 옷차림만 눈에 띄었나 봐요

굵기와 크기, 간격의 길이가
그날의 평가를 좌우했죠
내용은 어디로 갔을까요?
폰트가 입은 화려한 옷에
가려졌나 봐요

알맹이는 나중에
천천히 봐도 되나 봐요
중요한 건
폰트가 먼저
옷을 잘 입어야 한다는 거죠

다음엔 내용은 잠시 접어두고
폰트부터 멋지게 차려입혀야겠어요
그럼 첫 관문은 통과할 것 같네요.

아메리카노 없이는

입사하고 나서
느는 건 업무 능력이 아니라
혈중 카페인 농도

아침이면 커피 향이 나를 깨우고
점심 후엔 아메리카노 한 잔이
내 허리를 곧추 세워요

야근이라는 높은 벽 앞에서도
늘 손에 쥔 건 이 까만 물 한 잔
내겐 작은 방패이자 유일한 동료죠

오늘도 커피잔을 들며 생각해요
아메리카노 없으면
어떻게 이 전쟁터를 버텨낼까?

서류 사이로 졸음이 밀려올 때
한 모금씩 마셔내는 깨어남
결국 이 회사에서
제일 고마운 건
이 검은 물방울이네요.

아침의 무게

어릴 적엔 부모님은 그저
아침잠이 없으신 줄 알았어요
늘 동이 트기도 전에
묵묵히 일어나셨으니까요

커 보니 알겠네요
그건 아침잠이 아니라
우리 가족을 위한 작은 희생들이
매일 아침을 깨웠다는 걸

새벽 공기를 깨며 잠든 우리를 위해
먼 길을 걸어가셨다는 걸요

이제는 제가 그 길을 따라 걸으며
부모님의 발걸음이 얼마나 무거웠는지
얼마나 묵직한 사랑이었는지
조금씩 느껴집니다

아침의 무게, 그것을 지고 나가셨던 부모님이
매일 새벽
우리에게 무언가를 남기고 가셨다는 걸
인제야 깨닫습니다.

목소리 낮추지 말아요

선배님, 목소리 낮게 깔고
제 이름 부르지 마세요
심장이 바닥으로 쿵
눈앞이 아찔해져요

마치 폭풍 전야처럼
뭔가 터질 것만 같아
온몸이 긴장하거든요
혹시 또 무슨 잘못이 있었을까?
머릿속을 헤집어 봐도 정답은 없어요

그런데 그 깊은 목소리로
"점심 뭐 먹을래?"
이러시면
심장만 괜히 고생이에요

그러니,
제 이름 부를 땐
햇살처럼 밝게 웃어주세요
그럼 심장이 쿵 대신
가볍게 날아오를 수 있거든요.

제 몸은 하나인데

선배님들,
제 몸은 하나인데
서로 "이 일 먼저 해줘" 하시며
저를 당기시면
저는 어디로 가야 할까요?

한쪽에서는 급하다 하시고
다른 쪽에서는 중요하다 하시니
저는 마치
두 방향으로 끌리는 연 같아요

손은 두 개뿐인데
일은 점점 쌓여가고
그 사이 저는
조금씩 늘어나는 기분이에요

제 몸은 하나인데
계속 이렇게 당기시면
결국 어디선가 끊어져서
잠깐 쉬어야 할지도 모르겠어요
그럼 일은 어떻게 하실래요?

길 없는 업무

선배님, 일을 주시는 건 좋은데
이게 뭔지, 어떻게 하는지
지도 한 장은 주셔야 하지 않을까요?

저는 매번
길 없는 사막에 던져진 기분이에요
서류는 그저
침묵하는 모래처럼 쌓여가고
저는 어디로 가야 할지
감도 잡히지 않아요

주시며 하라 하시지만
그 길을 알려주지 않으시면
나침반 없는 배처럼
떠돌기만 할 뿐이죠

그러니, 다음엔 제발
업무를 주실 때
지도를 조금만 그려주세요
그럼 저도 이 사막을
조금은 쉽게 건널 수 있을 것 같아요.

기다림의 잘못은 아니잖아요

선배님,
왜 일이 늦어지느냐고 하시지만
이번 건 제 잘못은 아니잖아요
바람이 불어야 돛이 펴지듯
클라이언트의 연락이 와야
배가 나아가죠

저는 항구에 멈춰서
답 없는 바다만 바라보는데,
그 빈 바람이
어떻게 제 잘못이 될 수 있을까요?

보고서가 순식간에 완성되길 바라지만
배가 돛을 펼칠 수 없는
바람 없는 바다에서
저는 그냥 기다리고 있을 뿐이에요

그러니, 이 조용한 바다가
저를 가만히 묶어두고 있다는 걸
조금만 알아주셨으면 해요
이 기다림은 제 능력 밖의 일이니까요.

저녁 대신 퇴근을

회식 자리에서
마음속으로 조용히 외쳐요
“저녁은 안 먹어도 돼요,
그 시간에 퇴근이나 시켜주세요”

배는 이미 차고 넘치는데,
굳이 더 채울 필요가 있을까요?
식당 의자 대신
집 소파가 더 그리운 밤

밥보다 퇴근길이
훨씬 달콤할 텐데
그 길을 자꾸 미루는 이 시간이
더 답답하게 느껴져요

저녁 대신 퇴근을 주세요
그게 오늘 가장 배부른
선물이 될 테니까요.

퇴근부터 시켜주세요

왜 살쪘느냐고 묻기 전에
퇴근부터 시켜주세요
헬스장 끊어놓고
야근 때문에 아직 한 번도 못 갔거든요

퇴근 후엔 운동하고 싶은데
야근이 있거나
가끔은 회식 자리까지
저를 불러 앉히니
몸은 늘 의자에 묶여 있어요

몸 관리는 하고 싶지만
시간 관리는 안되네요
운동할 시간은
퇴근 뒤에 있어야 하는데
퇴근이 너무 늦어져서 문제예요

그러니,
살쪘다고 하기 전에
제발 퇴근부터 시켜주세요
그러면 저도
헬스장에 갈 수 있을 테니까요.

혼밥의 위안

원래 혼밥을 정말 싫어했는데
입사하고 나서 혼밥이 좋아졌어요

같이 밥을 먹으면
대화도 업무의 연장
숟가락을 들면서도
보고서를 쓰는 기분이 들죠

밥이 입으로 넘어가는지
코로 넘어가는지도 모르고
일 얘기에 끼어들다 보면
식사 시간도 업무 시간 같아요

혼자 먹는 밥은 말없이 조용해서
이제는 그 시간이
가장 평화로운 휴식이 됐어요

입사 전엔 외로웠는데,
이젠 그 혼밥이
가장 속 편한 시간이네요.

퇴근 후에도 출근 중인가요?

퇴근 후엔 잠시 숨 돌려도 되지 않나요?
오늘의 출근은 끝난 줄 알았는데
휴대폰 속 진동은 여전히 멈추질 않네요

업무 끝자락을 붙잡고
하루를 마무리하려 하는데
출근길이 아직 끝나지 않은 듯
일의 그림자가 발끝에 남아 있어요

저녁 식탁에 울리는 메시지 알림은
차가운 사무실 불빛 같고
침대에 누워 듣는 전화벨은
회의실 의자처럼 등을 바로 세워요

출근과 퇴근의 경계가 흐려지는 이 느낌
혹시 저녁에도 출근 도장을 찍어야 하나요?
아니면 회사가 집까지 따라온 걸까요?

퇴근 후 시간은 잠시 비워두고 싶은데
이젠 퇴근 후엔 놓아주시면 안 될까요?
내일 다시 출근할 수 있도록요.

점심 메뉴의 미로

점심 메뉴는 막내가 고르라고 하셨죠
그래서 길을 찾아봤는데
돌아오는 건 "별로다"라는 한마디

메뉴는 미로 같아서
길을 찾는 건 저인데
출구는 선배님들 마음속에 있네요

다시 고르라고 하실 거면
처음부터 그 미로의 지도를
주셨으면 좋았을 텐데

제 선택은 늘 벽에 부딪히고
마음에 드는 메뉴를 찾는 일은
끝이 없는 길 같아요

그러니,
다음번엔 그냥 제가 고른 길을
한 번쯤은 걸어주세요
맛이 없더라도,
그게 막내의 작은 모험이니까요.

도움은 서로 주고받는 거잖아요

선배님,
제가 도와드렸으면
저도 좀 도와주셔야죠
왜 저만 손을 내밀고 있나요?

일이 쌓일 때마다
저는 다리를 놓았는데
제 쪽에 일이 산처럼 쌓일 때
그 다리는 끊긴 것 같더라고요

도움이란 건
두 사람이 건너는 다리인 줄 알았는데,
이 회사에선
한 사람이 건너기만 하나 봐요

그러니,
다음번엔 저도
무너진 다리 앞에 설 때
한 번쯤 손을 내밀어 주세요
그럼 우리 둘 다
좀 더 쉽게 건널 수 있을 거예요.

별이 말해주는 밤

늦은 시간
야근을 마치고 집으로 가던 길
문득 벤치에 앉아 하늘을 올려다본다

하늘을 수놓은 별들이
조용히 속삭이는 듯하다
수고했다고, 오늘 하루도 잘 해냈다고

쏟아지는 일들에 묻혀
정작 나 자신은 돌아보지 못했지만
이 별들은 내가 얼마나
애썼는지 아는 것 같다

반짝이는 그 작은 빛들이
살며시 위로하며 말을 건넨다
고개를 들고, 잠시라도 쉬라고

오늘 하루의 끝에서
저 별들이 수고했다고 말해주는 것 같아
조금은 가벼워진 마음으로
다시 발걸음을 옮긴다.

작은 성공이라도

늦은 밤, 야근을 마치고
집으로 향하는 길
오늘도 여기저기서
깨지고 부서진 하루가 머릿속을 스친다

"작은 일에 일희일비 말고
큰 성공을 향해 나아가라"
늘 들려오는 말이지만
요즘은 작은 성공조차
사막의 오아시스처럼 멀게만 느껴진다

작은 성공이라도 이룬다면
오늘 하루를 적셔줄 텐데
그 한 방울이 간절해진 지금
무엇을 기대하며 이 길을 걷고 있을까

큰 꿈을 향해 가는 길엔
작은 성취를 넘보지 말라 했지만
이젠 그 작은 빛 하나가
비틀거리는 나를 붙잡아줄 것만 같다.

어쩌라는 건가요

티를 내면
“너만 힘든 게 아니야” 하시고
티를 안 내면
“왜 혼자 삭히냐” 하시네요

저는 도대체
어느 쪽 길을 걸어야 할까요?

바람을 맞으면 춥다고 하고
문을 닫으면 답답하다 하고
그 사이에서
저는 길을 잃은 나침반 같아요

힘들다고 말해도
파도처럼 부딪히고
조용히 있으면
깊은 바다에 가라앉는 기분이에요

다음엔 그냥
제가 표류하든, 잠시 멈추든
잠깐만이라도
그냥 그대로 두시면 좋겠어요.

누구의 니즈인가요?

고객의 니즈에 맞추라 하셔서
고민 끝에 의견을 냈는데
결국 선배님은
자신의 방식대로 일을 진행하시네요

고객이 원하는 게 중요하다고
그렇게 말씀하시더니
결국 방향을 정하는 건
선배님의 마음이었어요

처음부터
그 마음에 맞추라 했으면
돌아갈 필요도 없었을 텐데
왜 이렇게 돌아가야 했는지 모르겠어요

고객의 니즈보다 중요한 건
누구의 마음인지 이제는 알 것 같아요
그 마음에 맞춰야
이 배가 움직이는 거겠죠.

끊어야 할 가지들

모든 사람과 친해지려 애쓸 필요는 없어
나무의 모든 가지가
꽃을 피울 수는 없듯이
너의 감정도 다 쓸 수는 없는 거야

의미 없는 관계라는 가지는
애써 키워봤자 결국 시들어버릴 뿐이야
그 가지를 붙잡고 있다 보면
너의 에너지만 허공에 흩어질 거야

가짜 웃음으로
물 주지 말고
햇빛을 주지 않는 잎들에
너의 시간을 낭비하지 마

오히려 그 자리를 비워두면
진짜 꽃이 필 수 있을 거야
정말 네가 소중히 여기는 사람들에게만
마음을 나눠주면 돼

그게, 덜 힘들게 살아가는
작은 비결이야.

너라는 나무

시간이 없다는 건 알아
하루가 모래알처럼 흘러가고
피곤함이 무거운 이불처럼
온몸을 덮는다는 것도 이해해

하지만 너라는 나무는
멈추지 않고 자라야 해
힘들어도 매일 물과 햇살을 줘야 해

일에 치이고 사람에 치여도
결국 남는 건
네 뿌리 깊은 나무뿐이니까

잠깐의 휴식이 달콤해 보여도
너를 키울 물 한 모금
햇살 한 줌은 놓치지 마

피곤함은 바람처럼 지나가지만
너의 노력은
단단한 나무가 되어 너를 지킬 거야
꾸준히, 천천히
그게 너를 키우는 법이니까.

함께 걸어도 혼자라는 것

회사에서 진짜 친한 사람을 만나는 건
복권에 당첨된 것 같아
같이 맛집도 가고
고단함을 나누니까

하지만 기억해
인생은 결국 혼자라는 것

같이 걷는 길도
결국은 각자의 길이고
지하철도 어느 역에선
누군가는 내리기 마련이야

누가 옆에 있어도
그 길을 걷는 건 나 자신이고
언제나 주연은 너 하나야

그러니 함께할 땐 소중히
나침반은 늘 너 자신에게 두어야 해

혼자서도
길을 잃지 않게.

눈치가 밥은 아니잖아

눈치를 보는 건 마치 간 맞추기 같아
적당하면 맛이 나지만 너무 많이 넣으면
너도 지치고 말 거야

눈치를 살피는 건 좋아
상황에 맞추는 건
필요한 기술이니까

하지만 눈치만 보며
살기엔 인생이 너무 아깝다
눈치가 밥은 아니잖아

눈치껏 행동하되
너무 눈치만 보지 말고
네 목소리도 가끔은 내봐야지

눈치만 보며 살기엔
우리 인생은 너무 짧으니까

적당히 눈치 보고
맛있는 인생을 살아가 봐.

게으름도 길들일 수 있다

게으름도
노력하면 길들일 수 있어
침대에 붙어있는 건
익숙한 유혹이거든
그 달콤한 유혹을
조금씩 거절하는 연습을 해 봐

알람 소리를
잠깐의 방해가 아니라
나를 깨우는 응원가로 생각해
이불을 밀쳐내는 것도
작은 승리니까

조금씩 이기는 모습을
살짝씩 보여줘
어제보다 일찍 일어난 네 얼굴
더 부지런해진 모습을

게으름도 길들일 수 있다는 걸
네가 증명하면 돼
그러다 보면
게으름도 슬그머니
물러나게 될 거야.

머리보다 발이 먼저

묻고 고민하는 것도 좋지만
그 시간에 빨리
발을 내디뎌 보는 게 더 좋아

지도만 본다고
그 길을 가봤다고 할 수는 없어
먼저 한 발 내디뎌야
길의 질감과 바람을 알 수 있거든

머리로 그린 그림은 밑그림일 뿐이야
붓을 들어야 비로소 작품이 되는 거지

혹시 틀려도 괜찮아
가다 보면
발끝으로 길을 찾게 될 테니까

고민만 하면
발걸음은 무거워져

그러니
머리보다
먼저 발을 움직여 봐.

같은 돌에 걸리지 마라

실수는 괜찮아
누구나 처음엔 넘어질 수 있으니까
돌부리에 걸려 발이 삐끗하는 건
어쩔 수 없는 일이야

하지만 꼭 기억해
똑같은 돌에 두 번 걸리면
그건 실수가 아니라
습관이 되는 거야

넘어졌다면
그 돌의 모양을 기억해 둬
다음번엔
가볍게 넘어서면 되니까

새로운 실수는 너를 성장시키지만
같은 실수는 너를 묶어두지

한 번은 괜찮아
하지만, 같은 길에서
똑같은 돌에 걸리진 말자.

말은 바람, 행동은 발자국

말로는 뭐든 할 수 있지만
그 말은 바람처럼
금세 사라지지

하지만 행동은
땅에 남는 발자국처럼
확실한 흔적을 남겨
사람들은 말이 아니라
네 발자국을 보고
판단할 거야

말과 행동이 다르면
말은 믿지 않게 되니까
백번 말해도
결국 남는 건
네가 걸어온 발자국뿐이야

그러니 말을 앞세우기보다
발을 먼저 내디뎌
행동이 네 말을 대신해 줄 거야.

조용한 반격

누가 뭐라 해도
흔들리지 마
말이 바람처럼 불어도
그 바람에 흔들리면
뿌리까지 뽑힐 수 있어

최고의 복수는
화내는 게 아니라
차갑게 증명하는 거야
말로 이기려 하지 말고
네 나무를
더 단단하게 키워가면 돼

비웃음이 들려와도
묵묵히 걸어가면
네가 피운 꽃이
그들에게 답이 될 거야

감정의 불꽃은
금방 사라지지만
증명은 나무처럼
오래 남는 법이니까.

숨긴다고 안 보일까

근무 중에 너무 요령 피우지 마
너는 잘 숨긴다고 생각하겠지만
사실 우리도 다 해봤어

화장실 간다며
옥상에서 숨 돌리기
통화하는 척
회사 밖까지 나갔다 오기
이런 거, 우리도 다 알지

투명망토를 두른 것처럼 숨는다 해도
요령은 할수록 더 투명해져
오래된 나무가 바람을 읽듯
우린 네가
언제 요령을 피우는지 알 수 있어

그러니 적당히 해
요령은 잠깐의 달콤함일 뿐
그 맛이 오래가진 않거든
우리도 다 해본 사람이란 걸
잊지 마.

엑셀과 카톡의 황금비율

카톡 배경을
엑셀 표로 바꾼다고
티가 안 나는 건 아니야
눈치 있는 사람은
금방 알아차리거든

스프레드시트에 숨어도
이상한 키보드 소리나
미소는 차트 속에선
절대 나올 수 없지

한 화면만 뚫어져라 보고 있으면
누가 봐도 수상하지 않아?

그러니 얄팍한 위장은 그만두고
카톡도, 엑셀도
적당히 섞어봐

일도 하면서
카톡도 즐기는 게
진짜 직장인 스킬이니까!

능력은 보이지 않는 곳에

가끔 선배가
무능해 보일 때 있지
내가 더 잘할 것 같은데
왜 저 자리에 있을까
생각될 때도 있고

하지만 그 자리도
운으로 따낸 게 아니야
겉으론 여유로워 보여도
물밑에서 부지런히 헤엄치는 백조처럼
보이지 않는 곳에서 노력해 온 거야

능력은
보이는 게 다가 아니야
빙산의 일각만 보이듯
진짜 실력은 숨어 있는 법이거든

그러니 겉만 보고
판단하지 말자
모두 각자의 무게로
자신을 버티고 있어.

보이지 않는 무게

가끔 선배가
일을 안 하는 것처럼 보일 때 있지
커피만 마시고, 스마트폰만 보는 모습이
답답할 때도 있을 거야

하지만 직급이란 게 올라갈수록
더 많은 무게를 지는 법이야

한숨은
보이지 않는 서류의 무게고
짧은 통화는
결정의 소리야

직급이 오르면
일은 손이 아닌
머리와 마음으로 하는 거거든
그러니
일을 안 하는 것처럼 보여도
그건 조용히 싸우고 있다는 신호야

보이지 않던 것들이
네 눈에 보일 날이 올 거야.

꿈을 위한 연습장

여기서는 네 꿈을 이룰 수는 없을지 몰라
하지만 꿈을 이루기 위한
방법은 배울 수 있을 거야

회사는 마치
꿈을 위한 연습장 같은 곳이거든
때론 네가 원하는 방향과
전혀 다른 문제들을 풀어야 하고
어쩌면 하고 싶은 것과는
거리가 먼 일들을 겪게 될지도 몰라

하지만 그 속에서
어떻게 대처하고
어떤 길을 찾느냐가
더 중요한 연습이 되는 거야

이곳은 작은 미로 같아 보여도
그 미로를 빠져나오는 법을 배우면
언젠가 네가 원하는
그 큰길에서도
길을 잃지 않게 될 거야

지금은 작은 톱니바퀴처럼 느껴져도

그 톱니들이 맞물려 돌아가며
언젠가 너를
네가 꿈꾸는 방향으로
조금씩 나아가게 할 거야

이곳에서
단지 일만 배우지 말고
인내와 유연함
사람들을 대하는 법을 익혀봐
그게 꿈을 향한
진짜 비법이 될 테니까

여기서 꿈을 이루지 못해도
꿈을 이룰 준비를 하는
그 과정은 충분히
가치 있는 시간이 될 거야.

그대의 우주가 순간의 빛일지라도

초판 1쇄 인쇄	2024년 12월 6일
초판 1쇄 발행	2024년 12월 19일

지은이	선이 황규석 양은혜 황인 방제천
펴낸이	이장우
편집	송세아 안소라
디자인	theambitious factory
마케팅	사유와 문장들
제작	김소은
관리	김한다 한주연
인쇄	KUMBI PNP
펴낸곳	도서출판 꿈공장플러스
출판등록	제 406-2017-000160호
주소	서울시 성북구 보국문로 16가길 43-20 꿈공장 1층
이메일	ceo@dreambooks.kr
홈페이지	www.dreambooks.kr
인스타그램	@dreambooks.ceo
전화번호	02-6012-2734
팩스	031-624-4527

꿈공장플러스 출판사는 모든 작가님의 꿈을 응원합니다.
꿈공장플러스 출판사는 꿈을 포기하지 않는 당신 곁에 늘 함께하겠습니다.

ISBN	979-11-92134-83-3
정가	13,800원